WOLFSZEICHEN

DIE GRANITE LAKE WÖLFE
BUCH 1

VIVIAN AREND

WOLFSZEICHEN

Copyright © 2009 Arend Publishing Inc.

ISBN: 9781990674525

Herausgegeben von Anne Scott

Cover-Design von Croco Designs

Übersetzung: Anna Drago

Lektorat (Deutsch): Katrin Dolle

1

---

*6*450 Kalorien starrten Robyn an.

Sie rückte den Deckel der Apfelkiste zurecht und schloss sie fest über dem Käsekuchen und dem Rest ihrer Lebensmittelvorräte. Ihr Blick schweifte über die Ausrüstung, die überall in ihrer Wohnung verteilt war. Ihr Rucksack, ihre Skier – alles zusammengepackt für die jährliche Reise mit ihrem Bruder zur Hütte am Granite Lake.

Eine Welle von Angst und Enttäuschung packte sie, als Tad seine Ankündigung machte.

„Tut mir leid, Schwesterchen, aber ich muss das annehmen. Der Flug des Kletter- und Forschungsteams zum Mount Logan könnte zu einer regelmäßigen Buchung werden. Sie werden die nächsten fünf Jahre im Kluane-Nationalpark arbeiten, und wenn ich den Auftrag als ihr Hauptpilot bekommen kann, bin ich etabliert." Tad strich ihr eine lose Haarsträhne hinters Ohr. „Tut mir wirklich leid, den Trip mit dir abzusagen."

Robyn entfernte sich ein paar Schritte, bevor sie ihn ansah. Ihre Hände bewegten sich sanft, während sie in der

I

amerikanischen Gebärdensprache gebärdete. „Ich verstehe. Du musst den Job annehmen. Ich fahre trotzdem nach Granite Lake."

„Auf keinen Fall. Du kannst nicht alleine gehen."

„Du hast das auch schon gemacht."

„Aber das ist anders, Robyn."

„Sei kein Arsch. Ich habe keinen Penis, also kann ich nicht allein ins Hinterland reisen?"

Tad hob eine Augenbraue. „Es ist nicht der Mangel an Anhängseln, Schwesterchen, und das weißt du. Ich gehe selten allein da raus, und wenn ich jemanden treffe, ist das keine große Sache. Ich bin ein Mann, ich bin stark, und ich bin nicht taub. Wie willst du mit Fremden sprechen?"

Sie warf ein Kissen nach ihm, bevor sie ihre Hände hob, um zu gebärden. „Ich nehme ein paar Notizblöcke mit. Wie stehen die Chancen, zu dieser Jahreszeit jemanden da draußen zu treffen? Wir fahren immer im Februar, weil da sonst niemand ist. Ich habe gepackt, das Essen ist vorbereitet, und ich habe frei. Du hast mit deinem Kumpel Shaun sogar einen Helikopterflug für mich gebucht. Ich bin noch nie geflogen. Und immer langsam, was ist das mit dem kleinen Seitenhieb, dass du stark bist? Wenn ich mich recht erinnere, bin ich besser im Skifahren, Ringen und habe dir beim Pokerspielen den Hintern versohlt, großer Bruder. Also kannst du die Entschuldigung stecken lassen."

Tad kniff die Augen zusammen. „Hör auf, so stur zu sein."

„Was? All die Jahre des Trainings verschwenden? Du hast mir mal gesagt, ich soll für mich selbst einstehen und tun, was ich tun muss, auch wenn ich nicht hören kann. Willst du mir jetzt plötzlich sagen, dass das nicht mehr gilt?"

„Natürlich nicht –"

„Gut, denn ich würde dich nur ungern einen Heuchler nennen." So sehr sie sich auch ärgerte, sie wollte wirklich, dass er sie verstand. „Ich muss da raus. Ich muss für eine Weile aus der Stadt weg. Ich werde ein braves kleines Mädchen sein und das Satellitentelefon mitnehmen. Ich kann mich am Dienstag bei dir melden."

Tad fuhr sich mit der Hand durchs Haar, bevor er sich resigniert auf die Couch fallen ließ. „Also gut, du hast gewonnen. Aber wenn du irgendwas brauchst, rufst du mich an, oder du rufst Shaun an, und er fliegt dich nach Hause. Verstanden? Du musst nicht Skifahren, wenn du nicht willst."

Robyn erhaschte einen flüchtigen Blick auf sich selbst im Flurspiegel. Verschiedene Brauntöne blickten ihr entgegen. Schulterlanges braunes Haar, große braune Augen mit goldenen Sprenkeln, und braune Haut, die ihr Erbe der Ureinwohner Kanadas verriet.

Sie hatte ihr ganzes Leben im Yukon verbracht, und ihr kräftiger Körper war mehr als fähig, den Trip von zehn Meilen zu Ski zu bewältigen. Seit sie neun Jahre alt war, hatte sie ihn mit der Familie gemacht. Tad war die Strecke mit ihr gefahren und wusste, dass sie jede Minute liebte.

Sie zählte bis zwanzig.

Langsam.

„Tad, bist du scharf auf Schmerzen? Weil ich dir, wenn nötig, gern in den Hintern treten kann."

Er blinzelte schockiert. „Was habe ich gesagt?"

Robyn stampfte mit dem Fuß auf und funkelte ihn wütend an. Tad war ihr Adoptivbruder, und er und seine Eltern hatten alle eine dunklere Hautfarbe als sie. Sein kurzes schwarzes Haar stand in zerzausten Stacheln in alle Richtungen ab, und seine dunklen Augen starrten verwirrt zurück.

Das musste sie jedoch klarstellen. Sie gebärdete, und ihre Hände bewegten sich mit großer Energie, während sie betonte, was ihr wichtig war. „Ich mag das Skifahren über den See. Ich fahre gerne zur Granite Lake Hütte. Ich bin begeistert, dass du mir den Helikopterflug verschafft hast, aber nur, weil ich den Eisbohrer zur Hütte mitnehmen will."

„Aber –"

„Denk nicht, dass ich plötzlich sowas wie ein Baby bin, nur weil du mich diesmal nicht begleiten kannst."

Tad ergriff ihre Hände und zog sie in eine Umarmung, dann ließ er sie zurücktreten, damit sie seine Lippen lesen konnte. „Sorry, das war daneben von mir."

Sie nickte.

„Tut mir leid. Verdammt, du hast ein Temperament. Ich bin froh, dass du mir dieses Mal nichts Hartes an den Kopf geworfen hast."

„Ich habe darüber nachgedacht, aber mein Eispickel ist schon eingepackt." Sie drehte sich um, um noch ein paar Sachen zu verstauen, dann nahm sie ihren Rucksack und stellte ihn neben die Tür.

Er zog an ihrem Arm, um ihre Aufmerksamkeit zu erregen. „Du brauchst Abstand, oder? Du wirkst wirklich angespannt."

Robyn kehrte zu ihren Skiern zurück. Sie fummelte an den Bindungen herum, bevor sie zu Tad aufblickte. „Ja. Es fühlt sich an, als würden die Mauern auf mich zukommen. Mir geht's gut, wenn ich ein bisschen aus der Stadt rauskomme."

„Da ist etwas ..." Tad zögerte und blickte überallhin, nur nicht zu ihr. Er öffnete und schloss seinen Mund ein paarmal, bevor er den Kopf schüttelte. „Egal."

Sie seufzte schwer. „Nicht schon wieder. Das machst

du mindestens einmal im Jahr. Welches tiefe, dunkle Geheimnis du auch immer hast, ich wünschte, du würdest es ausspucken. Oder hör auf, es anzusprechen, weil du mich nur neugierig machst. Bist du homosexuell?"

Tad wippte auf seine Fersen zurück, sein Kiefer klappte auf. „Robyn!"

„Du scheinst jedes Mal zwanzig Rottöne anzunehmen, wenn du damit anfängst, darum dachte ich, es hat vielleicht mit Sex zu tun. Es ist mir egal, ob du schwul bist, weißt du. Unten in der Bäckerei ist dieser tolle Typ ..."

„Danke, aber ich bin nicht schwul. Schon gut, es ist nichts. Hast du dein Bärenspray?"

Sie pustete sich mit einem plötzlichen Schnauben den Pony aus dem Gesicht und deutete auf die Tasche ihres Skioveralls. „Das dümmste Ding, das ich je mitgeschleppt habe. Ich habe noch nie einen Bären gesehen, nicht ein einziges Mal auf all unseren Touren."

„Eines Tages wirst du vielleicht froh sein, dass du es hast, Schwesterchen."

„Aber ohne könnte ich noch mindestens fünf Tafeln Schokolade mehr mitnehmen. Da fällt mir ein: Du weißt schon, dass es deine Schuld ist, wenn ich auf dieser Reise zunehme."

„Was?"

„Wir haben einen ganzen Schokoladen-Käsekuchen eingepackt. Jetzt muss ich das verdammte Ding allein vertilgen." Sie leckte sich über die Lippen und grinste.

DER PILOT ZUPFTE an ihrem Ärmel und deutete zweimal – zuerst nach links zum See, dann weiter nach rechts hinter die Hütte.

Sie schüttelte den Kopf und entschied sich für links.

Den See.

Der Helikopter drehte ein, um den Kurs zu ändern. Der Oberflächenschnee um sie herum wurde unter dem Wind der Rotorblätter aufgewirbelt, und Weiß stieb vom Hubschrauber weg, bis nur noch die feste Schneebasis unter den Kufen übrig war.

Robyn wartete, während der Pilot herumtrottete, um ihr die Tür zu öffnen. Sie half dabei, ihre Skier von den Landekufen abzuhaken, während er den Rest ihrer Ausrüstung vom Rücksitz nahm und neben ihnen in den Schnee fallen ließ. In weniger als einer Minute war sie alles nochmal durchgegangen, um sicherzustellen, dass alles, was ihr gehörte, ausgeladen war, dann zeigte sie dem Piloten ein „Daumen hoch", duckte sich tief und ging zum Ufer. Der Wind schüttelte sie eine Minute lang, als der Helikopter abhob, über den kleinen Hügel im Norden flog und nach Haines Junction zurückkehrte.

Sie sah sich um und atmete tief und langsam die frische Luft ein. Keine Wolke stand am Himmel, die das Blau blockiert hätte. Die Berge um sie herum waren hoch und schneebedeckt. Schön und überwältigend zugleich. Der See breitete sich vor ihr aus, seine weite Bucht lag ihr zu Füßen, und das längere Stück davon wand sich schlangenartig gen Süden, um hinter der Biegung des Berges zu verschwinden. Ein Gefühl von Heimat breitete sich in ihrem Körper aus.

Sie drehte sich um und bemerkte, dass die Hütte mit Blick auf den See hergerichtet worden war, seit sie das letzte Mal hier draußen gewesen war. Jemand hatte die Stützen der Veranda repariert und eine Reihe von Haken an der Nordwand angebracht. Schneeschaufeln und Äxte, die im vergangenen Februar unter gut vier Fuß Schnee begraben gewesen waren, hingen jetzt gut sichtbar und leicht zugänglich.

Robyn sah sich weiter um und war überrascht, ein neues Gebäude in einiger Entfernung von der Hütte zu sehen.

Es war mild für Februar, nur um die -3 °C, doch die Kälte drang ihr in die Knochen, je länger sie stillstand stand. Sie trottete durch ihre Fußspuren zurück, um ihre Ausrüstung zur Hütte zu bringen. Sie würde das neue Gebäude erkunden, sobald sie sich für die Nacht eingerichtet hatte.

Bald lag ihr Rucksack auf dem niedrigen Podest, das sich über die Rückseite der kleinen Einzimmerhütte erstreckte. Es bot Platz für sechs Schlafsäcke nebeneinander, mit zusätzlichem Platz am Fußende, wo die Bank war. Robyn überlegte kurz, bevor sie ihren Rucksack an der Seitenwand in der Nähe des Fensters abstellte. Sie bezweifelte, dass noch jemand in der Hütte auftauchen würde, doch für alle Fälle wollte sie ihren Anspruch geltend machen.

Beim zweiten Gang trug sie die mit Lebensmitteln gefüllte Apfelkiste hinein. Wegen des Helikopters war das Essen auf dieser Reise anders als die Trockenwaren, die sie sonst mitbrachten. Sie hatte mindestens vier Tage lang frisches Obst und Gemüse, ein paar schöne Baguettes und den gefürchteten Schokoladen-Käsekuchen. Hierher zu fliegen hatte definitiv was für sich.

Sie ließ die Kiste auf dem kleinen Tresen stehen, der an der linken Wand entlang bis zum Holzofen verlief. Die Hütte war so kompakt, dass auf der rechten Seite gerade so Platz für einen Tisch und vier Stühle und eine schmale Bank neben der soliden Brettertür war.

Als sie zum See zurückkehrte, benutzte sie den

Eisbohrer, um ein Loch in die Eisoberfläche zu bohren, bevor sie das Werkzeug zurück zur Hütte trug und einen leeren Haken fand, an dem sie es aufhängen konnte. Robyn grinste, als sie es eine Minute lang anstarrte. Sie hatte ihren Beitrag zur „Lass es besser zurück, als du es vorgefunden hast"-Strategie des vergangenen Sommers für zwanzig Dollar auf einem Flohmarkt gekauft.

Seeforelle zum Abendessen. Sie konnte es kaum erwarten.

Doch zuerst würde sie sich das neue Gebäude ansehen.

Sie bahnte sich ihren Weg durch den knietiefen Schnee, erklomm die letzten paar Stufen, die über die Schneegrenze reichten, öffnete die Schlösser und spähte hinein.

Es gab einen kleinen offenen Bereich mit zwei Seitenfenstern und einem schneebedeckten Oberlicht darüber. Holzhaken waren an den Innenwänden in Kopfhöhe angebracht und weit darunter eine umlaufende niedrige Bank. In der Mitte des Raumes war eine weitere Wand.

Mein Gott, war das eine Dusche in der Ecke? Robyn ging erstaunt hinüber. Jemand hatte eine Duschkabine nach Granite Lake gebracht und sie in dieser kleinen Hütte installiert.

Ihr Herz machte für eine Sekunde einen Sprung, als sie sich fragte, ob ihre Vermutung, was sich in dem anderen Raum befand, richtig war.

Sie eilte zurück, öffnete die Tür und trat in den Geruch von Zedern- und Holzrauch. In der Ecke stand ein alter Kanonenofen, um den herum Flusssteine aufgetürmt waren. Zwei Ebenen mit Bänken waren in die Wände eingebaut, und ein paar Eimer standen auf dem Ofen.

Eine Sauna! Jemand hatte eine Sauna gebaut. Sie war

gestorben und in den Himmel gekommen.

Tad würde sich ärgern, das verpasst zu haben.

Aber die eigentliche Frage war, ob sie das Feuer anzünden wollte oder ob sie lieber ihr Abendessen fischen gehen sollte.

Robyn strich mit der Hand über das glatte Holz und atmete den reichen Duft ein. Wenn sie ehrlich war, war es eine leichte Entscheidung. Sie würde beides tun. Es war keine große Sache, das Feuer anzuzünden, und sie würde Zeit zum Fischen haben, da es eine Weile brauchte, bis die Sauna richtig warm wurde.

Die nächsten Stunden vergingen schnell, während sie ihre Angel vorbereitete, ihre Campingmatratze und ihren Schlafsack ausbreitete und die beiden Öfen in Betrieb nahm.

Um sechs war es dunkel, und sie lag flach auf dem Rücken auf einer der oberen Bänke in der jetzt heißen Sauna. Sie hatte zum Abendessen gebratene Forelle zusammen mit einem Glas Merlot genossen, und sie war kurz davor, sich so richtig, richtig gut zu fühlen. Ihre Frustration verflog mit dem Schweiß, der von ihrem Körper strömte.

Das war wunderbar.

Sie setzte sich auf, schöpfte noch ein bisschen von dem schmelzenden Schnee aus dem Topf auf dem Herd und goss es vorsichtig über die heißen Steine, um mehr Dampf zu produzieren. Als sie bemerkte, dass der Topf fast leer war, schlüpfte aus der Sauna und zog ihre Stiefel an. Sie öffnete die Außentür und ging mit einem Eimer in jeder Hand in die Dunkelheit.

Und prallte gegen etwas Hartes, das vorher nicht da gewesen war. Etwas Großes und Hartes, bedeckt mit … Gore-Tex?

2

J erstarrte einen Moment lang vor Schreck, als eine nackte Frau von ihm abprallte und rückwärts fiel, während Metalleimer aus ihren Händen flogen. Er hechtete ihr hinterher, um sie aufzufangen, bevor sie in den Schnee fallen konnte, und sprach ruhig auf sie ein, während sie sich wand und um sich schlug.

„Wow, jetzt beruhig dich erst einmal. Entschuldige, ich wollte dich nicht erschrecken."

Sie drehte und wand sich weiter und griff mit einer Hand nach ihren Stiefeln. Er hätte sie losgelassen, hatte aber Angst, dass sie sich dabei verletzen würde, so wie sie sich wand.

Ein scharfer Stoß in die Rippen ließ ihn nach Luft schnappen und seinen Griff lockern. Ein weiterer Schlag landete näher an seinem Schritt, und seine Hände wurden noch lockerer.

„TJ, lass sie los, sie hat Angst!", rief Kyle aus kurzer Distanz, und abgelenkt ließ TJ sie fallen.

Verdammt.

„Was zum ...? Hey, nimm das Ding runter. Ich habe dir

doch schon gesagt, dass ich dir nichts tun werde." Er zog sich von der Stelle zurück, wo die Frau kauerte, ein feststehendes Jagdmesser zwischen ihnen ausgestreckt, während sie zurück in die Sicherheit des Saunahauses eilte. Sie schlug die Tür zu, unmittelbar gefolgt von dem Kreischen von etwas Schwerem, das sie vor die Tür zerrte.

„Was ist los? Hey, Lady, wir werden Ihnen nichts tun. Wir sind nur ..."

„Warte." Kyle gesellte sich zu ihm an die Tür. „Hier geht was vor sich, das nicht normal ist. Wir haben sie überrascht, aber da stimmt noch was anderes nicht." Er hob die Hand, um die Holzbarriere zu berühren, dann beugte er sich vor und schnupperte ein paarmal, wobei sein Gesicht besorgt angespannt war.

TJ blieb ebenfalls stehen und saugte die Luft ein. „Scheiße, sie ist ein Wolf." Frustriert schüttelte er den Kopf. „Da versucht man, ein paar Tage vom Rudel wegzukommen, und was passiert? Es ist wie eine Verschwörung. Glaubst du, dass da draußen jemand eine Spionagekamera hat, die uns verfolgt, wenn wir Haines verlassen? Das wäre irgendwie cool, wenn es eine heiße Gruppe wäre, weißt du, wie KGB, FBI, CSI, SEALs und all diese Akronyme. Aber nicht die SPCA oder PETA – es wäre beängstigend, die am Arsch zu haben."

Er ging hinüber zu seinem Bruder, der sich angestrengt konzentrierte. Kyle hatte seine Stirn gegen die Tür gelehnt und die Augen geschlossen, während er weiter langsam und tief Luft holte.

Warum benahm er sich so seltsam? Er war wie ein Kind im Süßwarenladen. Mr. Verantwortungsvoll, Superwildnismann, immer voll bei der Sache und alles im Griff, schnupperte wie ein Hund nach einem vergrabenen Knochen.

Irgendetwas war los, aber TJ konnte beim besten Willen nicht sehen, was es war.

TJ schnupperte noch einmal intensiv, bevor er mit den Schultern zuckte. Er wandte sich ab, klopfte seinem Bruder bei der Bewegung auf den Arm und schnaubte. „Natürlich war sie ziemlich süß. Denkst du, sie hätte Interesse an –"

Ein heftiger Stoß ließ ihn rückwärts in den Schnee fliegen.

„Hey, pass auf!" Er setzte sich im hüfthohen Schnee auf und wischte sich die Hände ab, während er seinen großen Bruder leise verfluchte. „Mann, dein Sinn für Humor ist heute Abend im Keller. Du musst lockerer werden ..."

Ein leises, bedrohliches Knurren ließ ihn innehalten. Kyle ging mit dunklen Augen und gefletschten Zähnen auf ihn zu.

Die Haare in TJs Nacken stellten sich auf, und er kroch rückwärts durch den dicken Schnee und versuchte, einen sicheren Abstand zwischen ihnen zu wahren.

„Verdammt, was ist los mit dir? Ich habe nur einen Witz gemacht."

Kyle blieb stehen. Er senkte den Kopf, und sein Körper zitterte, als er tief und beruhigend einatmete. Lange Sekunden später streckte er die Hand aus, um TJ auf die Beine zu helfen.

Sie starrten einander an, bevor Kyle sich wieder der Sauna zuwandte.

„Ähm, Bruder, was ist los?", fragte TJ vorsichtig. „Du bist ein bisschen angespannt, und das sieht dir so gar nicht ähnlich. Ich meine, hier ist eine Tussi. Es wird nicht der ruhige Kurzurlaub, den wir geplant haben, aber es ist nicht so, dass wir auf einen Haufen mit Elvis-Imitatoren gestoßen wären. Sie wird uns keine Schwierigkeiten machen."

Kyle stieß ein Lachen aus, ein sprödes, angespanntes

Geräusch, das TJ dazu brachte, sich einen Schritt weiter außer Reichweite zurückzuziehen.

Nur für den Fall.

Sein Bruder wandte schließlich seinen Blick von der Saunatür ab und gab TJ einen sanften Schubs gegen die Schulter in Richtung der Hütte. „Wir müssen ihr eine Nachricht oder sowas schreiben, um sie davon zu überzeugen, dass es sicher ist, rauszukommen."

„Warum lassen wir sie nicht bis zum Morgen drinbleiben? Vielleicht fühlt sie sich sicherer, wenn sie sich bei Tageslicht rauswagt", schlug TJ vor, als er den Weg hinaufging.

„Ich lasse sie nicht dort eingesperrt!"

„Hey, reiß mir nicht den Kopf ab. Ich war nicht derjenige, der im Mondlicht splitterfasernackt rumgerannt ist. Zumindest diesmal nicht. Und das einzige Mal, als ich es versucht habe, haben diese hinterhältigen Zwillinge, Rachel und Beth, meine Klamotten gestohlen, und ich musste durch das hintere Fenster des Rudelhauses klettern ..." TJ verstummte, als er bemerkte, dass sein Bruder immer noch vor der Saunatür stand. Kopfschüttelnd rief er mit Singsangstimme: „Hallooooo. Erde an Kyle. Hey, ich dachte, wir schreiben eine Notiz. Was ist los mit dir, Mann? Du tust so, als hättest du noch nie eine Frau gesehen, und das stimmt nicht. Die Weiber werfen sich dir dauernd an den Hals. Im Rudel und außerhalb. Nicht, dass du deine Möglichkeiten nutzt, wie ich denke, dass du es tun solltest. Lass sie in Ruhe. Sie kriegt sich schon wieder ein. Es ist nicht so, als würde sie frieren oder so."

Ein lautes Schnauben folgte. „Schauen", sagte Kyle, „ich lasse meine Gefährtin nicht die ganze Nacht in der Sauna eingesperrt, weil ich zu dämlich war, etwas zu tun, um das Missverständnis aus der Welt zu schaffen."

TJ blieb mitten im Schritt stehen. „Deine Gefährtin?"

Kyle seufzte und drehte den Kopf zur Sauna, als würde er von ihr angezogen. „Ja. Ich glaube schon."

„Oh Scheiße."

~

Robyn spähte aus dem Fenster, bis die beiden Männer gegangen waren. Sie verschwanden aus dem Blickfeld, und Kerzenlicht erschien in den Fenstern der Hütte.

Das war einfach großartig gewesen.

Wirklich toll gemacht. Wäre nett gewesen, wenn du deinen Verstand benutzt hättest.

Was für eine dumme, idiotische Sache – nackt rauszugehen, ohne sich vorher umzusehen. Sie wusste es besser, als anzunehmen, dass niemand auftauchen würde. Sie hatte noch nicht einmal an Tiere gedacht, obwohl sie sich im Moment wünschte, sie wäre mit einem Bären zusammengestoßen.

Das war die Art von Zwischenfall, vor der Tad sie gewarnt hatte. Der Grund, warum er es nicht mochte, wenn sie ohne ihn oder ihre engsten Freunde irgendwelche Reisen unternahm. Sie war in der Lage, in einer Überlebenssituation auf sich selbst aufzupassen, aber sobald Menschen in die Gleichung kamen, wurde es immer schwierig. Die Tatsache, dass sie taub war, war fast eine Garantie dafür, dass irgendwas schiefgehen würde, wenn sie in der Wildnis neuen Leuten begegnete.

Sie ließ sich auf die Saunabank fallen und versuchte, sich zu entspannen. Sie hielt immer noch ihr Messer und drehte den Griff in ihrer Hand, rieb die Schnitzereien mit ihren Fingerspitzen wie einen Sorgenstein. Immer und immer wieder, bis das vertraute Gefühl sie so weit beruhigt hatte, dass sie anfangen konnte, den Witz der Situation zu sehen.

Ich wette, sie haben nie damit gerechnet, eine Nackte zu treffen. Sie goss etwas von dem jetzt heißen Wasser über ihre Haut, wischte den Schweiß ab und spülte ihr Haar aus. Sie fragte sich, ob die Männer die Sauna wollen würden, wenn sie fertig war. Sie würde kein neues Scheit in den Ofen werfen, aber die glühenden Kohlen zurücklassen.

Weil sie zurück in die Hütte musste. Es wäre enorm albern, die Nacht in der Sauna zu verbringen, nur, weil sie sich ein bisschen erschreckt hatte.

Außerdem wussten diese Leute jetzt, dass sie ein großes Messer hatte.

Sie trocknete sich in der Sauna ab und ging dann hinaus, um sich anzuziehen. Etwas Weißes am Fenster fiel ihr ins Auge, und sie hob eine Kerze, um es zu untersuchen.

Tut mir leid, dass wir dich erschreckt haben.

Wir sind Kyle und TJ aus Haines, Alaska, und betreiben dort Maximum Exposure, eine Firma für Wildnistouren. Wir sind Angehörige des Granite Lake Rudels.

Wenn du Angst hast, in die Hütte zu kommen, stell bitte zwei brennende Kerzen in das Fenster, dann bringen wir deinen Schlafsack und Essen/Wasser zur Tür, und du kannst alles reinholen, wenn du dich sicher fühlst. Aber wir versprechen dir, dass du nicht in Gefahr bist und jederzeit zurückkommen kannst.

Wenn es dir lieber ist, kannst du als Wolf kommen.

Robyn las die Notiz mit wachsender Verwunderung. Na ja, der erste Teil war nett, aber was sollte dieses „kannst du als Wolf kommen"?

Musste irgendein Hinterland-Code sein, den sie nicht verstand. Sie stammten aus Haines – vielleicht war es amerikanischer Slang? Manchmal verursachten die kleinen

Unterschiede zwischen dem amerikanischen und dem kanadischen Vokabular seltsame Missverständnisse.

Sie hängte ihr nasses Handtuch in die Sauna, dann wickelte sie ihr Haar in ein trockenes und blickte zur Tür. Sie straffte ihre Schultern und holte tief Luft. Sie konnte das.

Als sie auf die Hütte zuging, spähte sie durch das Fenster hinein, bevor sie sich der Tür näherte. Einer der Männer saß am Rand der Schlafplattform, sein Gesicht war beim Sprechen nicht zu sehen, seine Hände bewegten sich wild und gestikulierten ausladend.

Großartig, ein Wedler. All diese Energie, ohne etwas zu sagen.

Der andere lehnte am Tisch, seine Arme abgestützt, sein Blick wanderte durch den Raum. Plötzlich sah er direkt aus dem Fenster auf sie. Obwohl sie für ihn unsichtbar sein sollte, ein Schatten in der Dunkelheit, während er im Licht war, hatte er sie gesehen. Er stand etwas gerader, hob die Arme, kreuzte sie über seinem Herzen und senkte den Kopf.

Robyn blieb schockiert stehen.

Das war Gebärdensprache für „Liebe".

Das war zu viel. Sie stapfte den Rest des Weges zum Eingang und stieß die Tür auf. Sie ließ sich auf die Bank fallen, zog ihre Stiefel aus, marschierte auf den Bastard zu und begann das gehörlose Äquivalent zu Schreien, mit ihren Händen und ihrem Körper in seinem persönlichen Bereich.

„Du kannst mich nicht so beleidigen. Arschloch. Ich akzeptiere eure Entschuldigung für den Fehler vorhin, aber das geht zu weit. Du bist unhöflich. Was soll ...?" Sie zog das Papier, das sie aus dem Fenster geholt hatte, heraus und zeigte auf die Zeile ‚kannst als Wolf kommen'. „Was bedeutet das?"

Sie trat zurück und verschränkte die Arme, während sie auf seine Antwort wartete.

Der Ausdruck auf seinem Gesicht war unbezahlbar.

Verwirrung. Vollkommene Verwirrung.

Robyn wirbelte zu dem anderen Mann herum, dem Wedler, als er aufstand, und sie sah, was er zuletzt sagte. „... Gebärdensprache?"

Sie nickte und bewegte ihre Hände vor sich, während sie „Gebärdensprache" mit den Lippen formte.

Der größere der beiden Männer vergewisserte sich, dass sie ihn beobachtete, bevor er etwas sagte. „Tut mir leid, ich verstehe keine Gebärdensprache. Ich glaube, ich habe dich verärgert, und das wollte ich nicht. Können wir uns irgendwie unterhalten?"

All ihre Wut floss aus ihr heraus wie Sand durch ein Sieb. Typisch. Sie kam hierher, um dem Strom der Kommunikation mit Menschen zu entkommen, und stattdessen würde sie zusätzliche Energie aufwenden müssen.

Na ja, auf der positiven Seite würden sie vielleicht ein paar Stücke von ihrem Käsekuchen essen und ihr die Kalorien sparen.

Sie hielt eine Hand mit erhobenem Finger hoch – ein Signal, von dem sie gesehen hatte, dass viele hörende Menschen so um eine kurze Auszeit baten. Sie ging zurück zur Tür und machte ihre Stiefel sauber, bevor sie zu ihrem Rucksack zurückkehrte, um ihre Kulturtasche zu verstauen und ihr Haar zu richten.

Sie drehte sich um, um etwas zu trinken zu holen, und der Mann, den sie angeschrien hatte, stand direkt vor ihr, mit einem Glas in der Hand.

„Möchtest du was trinken?" Er hielt es ihr entgegen.

Robyn berührte ihren Mund mit den Fingern, dann öffnete sie ihre Hand in seine Richtung, bevor sie das Glas entgegennahm. Sie trank es in einem Zug aus und musste über den seltsamen Ausdruck auf seinem Gesicht lächeln, als sie ihm das Glas zurückgab.

In der Sauna war es heiß gewesen, und sie würde sich nicht wie eine Lady benehmen und an einem Glas nippen, wenn sie durstig war.

Er erwiderte ihr Lächeln. Dunkelbraune Augen, so dunkel, dass sie fast schwarz erschienen, funkelten sie an.

„Mehr?"

Sie nickte und machte mit ihrer Hand eine Kreisbewegung über ihrer Brust.

„War das ‚bitte'?", fragte er.

Robyn schenkte ihm ein zögerndes Lächeln. Sie nickte, als sie sich an den Tisch setzte.

Der Mann hatte etwas Faszinierendes an sich, und sie sah zu, wie er ihr mehr Wasser holte.

Sie hatte vor ihrem Saunagang mit Schnee gefüllte Eimer ins Haupthaus gebracht, und die Männer kannten die Routine. Sie hatten einen der Eimer auf dem Schrank an der Wand für kühles Wasser, und der andere köchelte auf dem Herd, um Schnee zu schmelzen und die Luft feucht zu halten.

Es war unmöglich, den Blick vom Spiel der Muskeln des Mannes abzuwenden, während er mehr Schnee in den heißen Eimer füllte. Er war groß. Einer der größten Männer, die sie je gesehen hatte, und vielleicht war es nicht besonders klug gewesen, in die Hütte zu stürmen und ihn anzuschreien.

Seine dunkelbraunen Haare waren zu einem Zopf geflochten, der ihm bis zu seinen Hüften reichte. Breite

Schultern waren mit einem dunklen T-Shirt bedeckt, und ein Tribal-Tattoo wand sich auf Bizepshöhe um seinen linken Arm. Sie war versucht, es zu untersuchen, doch er kehrte mit ihrem vollen Glas zurück, und sie bemühte sich, die Tatsache zu verbergen, dass sie ihn angestarrt hatte, indem sie den Blick auf den Tisch senkte.

Sie entdeckte den Notizblock und den Bleistift, die sie zuvor ausgepackt hatte. Sie tippte darauf und bedeutete ihm, sich neben sie zu setzen.

Du redest, und ich schreibe. Bitte pass nur auf, dass ich dein Gesicht sehe.

„Ich bin Kyle, und das ist mein Bruder TJ."

Robyn Maxwell aus Whitehorse.

„Es tut mir leid, dass wir dich erschreckt –"

Sie unterbrach ihn, indem sie mit der Hand in der Luft wedelte und schrieb. *Es war ein Unfall. Ich konnte euch nicht hören, und ich habe nicht aufgepasst. Sag TJ, es tut mir leid, dass ich ihn mit meinem Messer angegriffen habe.*

Kyle drehte sich zu seinem Bruder um, und einen Moment später setzte sich TJ auf den Stuhl ihr gegenüber und streckte seine Hand aus. „Schön dich kennenzulernen, Robyn", sagte er und zog seine Worte übertrieben in die Länge.

Meine Güte. TJ war ein Idiot.

Sie funkelte ihn an und schüttelte dann seine Hand so fest, dass er sich überrascht zurückzog. Sie griff nach dem Block.

Ich bin taub, nicht dumm. Sprich meinetwegen nicht anders als sonst auch. Sie drehte den Block herum, damit er lesen konnte, während sie noch einen Schluck trank.

Das war der schwierige Weg, Leute kennenzulernen. Es war viel leichter, wenn Tad dabei war, weil sie mit ihm sprechen und er die Nachrichten weitergeben konnte und es sich am Ende natürlich anfühlte und nicht dieser lächerlich langsame Prozess.

Sie seufzte und zog den Block zurück.

Kyle legte eine sanfte Hand auf ihren Arm, um ihre Aufmerksamkeit zu erregen, und ein seltsames Gefühl schoss durch sie hindurch.

Hitze glitt von seiner Hand in ihren Arm, kitzelte, prickelte. Sie warf einen zweiten Blick darauf – es war nur seine Hand, doch Wärme strahlte immer noch davon aus, und kleine Stromstöße rasten ihren Arm hinauf und ließen die Haare in ihrem Nacken zu Berge stehen.

Er drückte sanft, um ihre Aufmerksamkeit zu erregen, und sie blickte ihm ins Gesicht.

„Welches Rudel?"

Sie lehnte sich verwirrt zurück und zuckte mit den Schultern.

„Du sagst, du lebst in Whitehorse. Gehörst du zum Takhini- oder Miles-Canyon-Rudel?"

Das schon wieder. Wovon sprach er?

Es war schade, dass er nicht ganz dicht zu sein schien, denn er war der heißeste Typ, den sie je gesehen hatte. Sie hoffte, dass er der nette Verrückte von nebenan war und nicht der Typ, der mitten in der Nacht Leute tötete.

Es dauerte nur einen Moment, um eine kurze Antwort zu schreiben. Sie warf ihm den Block zu, als sie vom Tisch aufstand und ihre Jacke anzog.

Robyn warf einen letzten kurzen Blick in seine Richtung, bevor sie nach draußen ging, um Luft zu schnappen. Ja, er war heiß. Verrückt, aber sehr angenehm anzusehen. Und er roch auch ziemlich gut.

Sie ignorierte das seltsame pochende Gefühl in ihren Gliedmaßen und zwang sich, nach draußen zu gehen.

ALS SICH DIE Tür hinter ihr schloss, zog Kyle den Block näher und las TJ laut vor, was sie geschrieben hatte.

„Takhini ist eine heiße Quelle, und in Miles Canyon fahre ich Kanu. Hunde haben Rudel, nicht Menschen. Ich weiß nicht, wovon du sprichst. Ich gehe schlafen. In der Sauna sind noch glühende Kohlen, falls ihr sie benutzen wollt. Wir unterhalten uns morgen. Gute Nacht."

„Glaubst du, sie weiß wirklich nicht, dass sie ein Werwolf ist?', fragte TJ.

„Warum sollte sie nur so tun? Ich verstehe es nicht. Sie ist ein Vollblutwolf, das kann ich riechen."

„Ich auch."

Kyle trommelte mit den Fingern auf den Tisch. Sie roch nicht nur nach Wolf, sondern es ging noch ein weiterer Geruch von ihr aus, der seinen Verstand kitzelte und direkt zu seinem Schwanz ging.

Der Duft seiner Gefährtin. Die chemische Spur, die seinen Wolf zu ihrem rief und sie zu lebenslangen Gefährten machen würde. Er war sich ziemlich sicher, dass sie es war, doch bis er einen Vorgeschmack auf sie bekommen hatte, wenn sie erregt war, konnte er nicht sicher sein.

Bei dem Tempo, mit dem ihre Kommunikation ablief, würde es natürlich Sommer werden, bevor er nah genug an sie herankäme, um es tatsächlich herauszufinden.

Die Brüder nahmen saubere Kleidung aus ihrem Gepäck und machten sich auf den Weg in die Sauna.

Keine zehn Sekunden, nachdem sie die Tür geschlossen hatten, wurde Kyle klar, dass die Sauna keine gute Idee war. Ihr Duft hing schwer in der Luft, süß und würzig, und füllte seinen Kopf mit Gedanken, die er sich besser nicht ausmalte, während er nackt auf engstem Raum mit jemandem saß, der nicht sie war.

„Sie riecht wirklich gut."

Kyle knurrte TJ an. „Halt die Klappe, Welpe."

Sein Bruder zuckte mit den Schultern. „Das ist die Wahrheit. Aber sie riecht gut nach ‚Hey, Robyn, kannst du mir dabei helfen?' und nicht ‚Hey, Baby, kannst du mir helfen? Zwinker, Zwinker, Stups, Stups.' Weißt du, was ich meine?"

„Bitte erspar mir deine Monty-Python-Imitationen."

TJ schnippte Schnee nach seinem Bruder. „Ich versuche, mich ernsthaft mit dir zu unterhalten, und du wirfst mir vor, Monty Python zu imitieren? Das trifft mich tief. Für ernsthafte Diskussionen imitiere ich Politiker, keine Komiker."

Kyle lehnte sich auf der Bank zurück und versuchte, seinen jüngeren Bruder zu ignorieren. TJ war der irritierendste, nervigste ... und einer der aufmerksamsten Menschen, die er kannte.

Er stützte sich auf einen Ellbogen, öffnete die Augen und fluchte. „Also gut. Erklär's mir. Was willst du mir sagen, und benutze einfache Worte. Es ist spät, und es war ein anstrengender Tag."

TJ ließ sich auf die untere Sitzbank fallen und griff nach der Kante aus Zedernholz vor sich. „Sie riecht gut, als ob ich ihr vertrauen und auf sie aufpassen will, und ich weiß, dass sie auf mich aufpassen wird. Sie hat offensichtlich eine andere Wirkung auf dich."

„Oh. Und die wäre?"

TJ schnaubte. „Du hast eine Latte nur von ihrem Geruch, Bruder. Dich hat's schlimm erwischt, und ich wette, sie ist deine Gefährtin, weil du noch nicht einmal richtig an ihr geschnuppert hast. Ich wusste, dass du bereit bist, Alpha zu werden!"

Kyle ließ den Kopf nach hinten auf die harte Bank fallen. TJs Gedankensprünge waren übertrieben. Wie er von der Tatsache, dass Kyle einen Ständer hatte, mit dem man Nägel einschlagen konnte, darauf kam, ihn zum Alpha zu machen, war unglaublich.

„Es reicht. Können wir das für heute Nacht auf sich beruhen lassen? Das Problem wird morgen früh immer noch da sein."

TJs Lachen war lang und laut, und schließlich stimmte Kyle ein.

„Okay, schlechte Wortwahl. Du musst mich nicht darauf hinweisen."

Wieder lachte sein Bruder schallend, und Kyle gab auf. Er nahm den Eimer mit kaltem Wasser und goss ihn über sich.

Böse Gedanken drängten in sein Bewusstsein. Er hob den zweiten Eimer hoch. „Willst du eine kalte Dusche?"

Als TJ nickte, grinste Kyle und goss dann den Inhalt des halb mit Schnee gefüllten Eimers über den Kopf seines Bruders.

Das eiskalte Wasser strömte über ihn, als TJs Schrei in dem kleinen Raum widerhallte.

Jetzt war Kyle bettfertig.

3

———

Kyle wälzte sich zum wiederholten Mal herum.

Das war unmöglich.

Er hatte in einer Höhle geschlafen, umgeben von klatschnassen, stinkenden Rudelmitgliedern, als sie in einen Sturm geraten waren. Er hatte auf einem Roadtrip mit sieben Kumpels, die alle so laut geschnarcht hatten, dass die Wände wackelten, in einem Motelzimmer geschlafen. Beide Male hatte er mehr Schlaf bekommen als heute Nacht.

Alles wegen des kleinen weiblichen Körpers am anderen Ende des Raumes.

Er gab es auf, so zu tun, als könnte er schlafen, und setzte sich auf, um sie besser bewundern zu können. Das Mondlicht, das durch das Fenster fiel, reichte, um sie gut erkennen zu können, denn seine Nachtsicht half ihm dabei. Sie lag zusammengerollt, ein Bein hochgezogen. Ihr Kopf ruhte auf einem Kissen, das sie aus ihren zusätzlichen mitgebrachten Kleidern gemacht hatte. Sie schlief nicht im

Schlafsack, sondern darunter, ihr Körper lag auf einer weichen Decke.

In der Hütte war es warm genug, dass sie die meisten ihrer Decken weggeschoben hatte, und sein Blick wanderte über sie. Er wünschte, er könnte sie mit seinen Händen berühren. Ihre Hautfarbe war blasser als seine, ihr braunes Haar entsprang dem Pferdeschwanz, den sie gemacht hatte, bevor sie ins Bett gekrochen war. Kyle starrte sie an und prägte sich die Wölbung ihrer Wange ein, das Grübchen, das gerade am Rand ihres Mundes sichtbar war. Ihre im Schlaf geschlossenen Augen hatten die längsten Wimpern, die er je gesehen hatte.

Er leckte sich über die Lippen. Ihr Anblick ließ ihm das Wasser im Mund zusammenlaufen. Er war versucht, hinüberzurutschen und sie in seine Arme zu ziehen, sie an seinen Körper zu schmiegen und ...

Scheiße. Er war wieder hart.

Wie konnte sie nicht wissen, dass sie zu einem Rudel gehörte? Als Vollblutwolf musste sie ab der Pubertät die Fähigkeit gehabt haben, sich von der menschlichen Gestalt in eine Wölfin zu verwandeln. Während die Werwolf-Gene der meisten Mischlinge schlummerten, wurden die Gene von Vollblutwölfen fast immer im Babyalter ausgelöst.

Dass Robyn taub war, war ungewöhnlich, aber kein großes Problem. Er könnte lernen zu gebärden, wenn es nötig war. Wenn sie in Wolfsgestalt war, hatten sie keine Probleme mit der Kommunikation, da die Wolfssprache zu neunzig Prozent aus Körpersprache bestand. Als Gefährtin sollten sie sowieso in der Lage sein, in den Gedanken des anderen zu sprechen.

Und wenn er die Herausforderung suchen würde, Alpha zu werden, bestand eine noch größere Chance, dass er ihre Gedanken hören konnte. Einer der Vorteile, ein

Rudel anzuführen, war eine starke mentale Verbindung zu jedem Mitglied. Wenn man das der Gefährtenbindung hinzufügte, würden sie hervorragend zurechtkommen.

Seine Gedanken wanderten zu Rudelproblemen, während sein Blick sie weiter liebkoste. Der aktuelle Alpha und Beta wurden zu alt, um richtige Anführer zu sein. Das Granite-Rudel war groß und wechselhafter als die meisten anderen mit dem ständigen Zustrom von Neuankömmlingen aus den anderen achtundvierzig Staaten auf dem Festland.

Jedes Mal, wenn ein Wolf den Drang verspürte, eine Verbindung mit seinem inneren Selbst herzustellen, schien er sich auf den Weg nach Norden zu machen, weil alle dachten, dass die Wildnis Alaskas ihnen helfen würde, *sich selbst zu finden*. Alles, was sie fanden, war jedoch, dass das Leben harte Arbeit erforderte, egal wo man lebte. Es war nirgendwo leichter als anderswo, und vielleicht noch weniger hier oben im Norden.

Kyle hatte begonnen, sich Sorgen zu machen, als mehr ihrer Traditionen verloren gingen. Es war nicht so, dass er Fortschritt grundsätzlich nicht mochte, doch einige Dinge waren Tradition, weil sie gut für das Rudel waren. Neuankömmlinge brachten Ballast mit, und vieles, was sie vom Rudel verlangten, um es ihnen behaglich zu machen, widersprach allem, wofür das Granite-Rudel stand.

Es war Zeit für Veränderungen. Als die alten Führer ankündigten, dass sie den Weg freimachen und jemand Jüngeren übernehmen lassen würden, wusste Kyle, dass dies seine Chance war. Er würde sein Tourengeschäft zurückfahren müssen, aber ein starkes Rudel zu haben, wäre es wert.

Doch er war nicht der einzige Wolf mit dem Potential, die Herausforderung zu gewinnen. Während ein anderer der Neuankömmlinge ihm an Stärke ebenbürtig war, ging Jacks Vision für die Zukunft des Rudels noch weiter auf dem Weg Richtung Hölle als der, auf dem sie sich gerade befanden.

Kyle stöhnte und rollte sich auf den Rücken. Seine Gefährtin jetzt zu finden, würde die Situation, gelinde gesagt, schwierig machen. Doch war er traurig, dass er sie gefunden hatte? Auf keinen Fall. Einige Wölfe lebten ihr ganzes Leben, ohne ihren Gefährten zu finden. Also hatte er eben ein paar Probleme zu lösen.

Vor dem nächsten Wochenende. Keine Eile.

Ein leises Geräusch ließ ihn sich umdrehen. Robyn war wach. Sie hatte sich auf einen Ellbogen gestützt und sich mit der Hand über Gesicht und Ohr gerieben, als ob sie Schmerzen hatte. Er kroch näher, vorsichtig, um sie nicht zu erschrecken – und stellte sicher, dass sie ihn kommen sah.

Er formte lautlos die Worte, um TJ nicht zu wecken. „Bist du okay?"

Tränen stiegen ihr in die Augen, als sie den Kopf schüttelte. Mit wenig Anstrengung hob er sie hoch und zog sie in seine Arme. Am Ende streichelte er mit seiner Hand über die Seite ihres Kopfes, während er sie sanft hin und her wiegte. Anfangs war sie angespannt, entspannte sich dann aber langsam, und sein Herz machte einen Sprung.

Kyle war sich nicht sicher, was los war, doch sie fühlte sich zu wunderbar an, so an ihn gedrückt, um darüber nachzudenken. Er streichelte weiter mit den Fingern über ihr Haar und ihre Wange, denn das Gefühl, sie an sich zu spüren, war wunderbar und richtig. Ihre Haut war weich unter seinen Fingern, die Wärme ihres Oberkörpers schmiegte sich wie eine Decke um ihn.

Und als Robyn ihren Kopf in seiner Hand drehte und ihre Wange in seine Handfläche schmiegte, glaubte er, sein

Herz würde platzen. Er konnte nicht widerstehen. Immer noch ihr Gesicht in seiner Hand senkte er seine Lippen auf ihre, strich sanft mit geschlossenem Mund über sie, einfach um die Reibung zu spüren, wenn sie einander berührten.

∽

Es war, als ob ein Stromschlag durch sie hindurch raste. Robyn war von dem schmerzhaften Summen in ihrem Ohr aufgewacht, das im Laufe der Jahre immer wieder aufgetreten war. Es schien nur zu passieren, wenn sie bei Fremden übernachtete, und sie hatte gelernt, damit umzugehen, indem sie hart an der weichen Stelle unter ihrem Ohr rieb. Doch heute, bei Kyles sanfter Berührung, hatte der Schmerz schnell nachgelassen, und eine wunderbare Wärme breitete sich in ihrem ganzen Körper aus, die sie noch nie zuvor erlebt hatte.

Als seine Lippen ihre berührt hatten, hatte etwas in ihr *klick* gemacht, und alles, woran sie denken konnte, war, ihn überall zu spüren.

Guter Gott, sie wollte mit ihm nackt sein, und das war wirklich, wirklich untypisch für sie.

Sie war gerade sechsundzwanzig Jahre alt geworden und hatte nur begrenzte sexuelle Erfahrung. Ob es daran lag, dass ihr Bruder überfürsorglich war oder weil ihre Taubheit potentielle Dates abgeschreckt hatte, sie hatte sich nie allzu viele Sorgen darüber gemacht. Es war nicht so, als wäre sie völlig unwissend – Liebesromane boten großartiges Lernmaterial in dieser Hinsicht, und sie wusste, wie man zum Höhepunkt kam, doch sie hatte nie den Wunsch gehabt, irgendwas mit jemandem auszuprobieren.

Ihre Freunde sagten, sie spare sich für den „richtigen Mann" auf.

Ihre Eltern hatten ihr gesagt, sie würde es wissen, wenn die Zeit gekommen war.

Nach all den Jahren hatte sie gedacht, dass ihre innere Zeitansage irgendwo auf der Strecke einen Tritt abbekommen hatte und kaputtgegangen war, weil niemand sie wirklich angesprochen hatte.

Bis jetzt.

Dieser Fremde ließ ihr das Wasser im Mund zusammenlaufen, und sie hatte ihn noch nicht richtig gekostet. Sie öffnete ihre Lippen einen Spalt weit, um zu sehen, was er tun würde, und seine eifrige Zunge glitt hinein, um die Kante ihrer Zähne nachzuzeichnen.

Verdammt, er schmeckte gut.

Plötzlich stieg ihr ein Rausch von Gerüchen in die Nase, füllte ihren Kopf, und ihr wurde schwindelig. Ein Prickeln lief ihren Körper hinab, bevor es zwischen ihren Beinen landete. Sie bewegte eine Hand, um zu sehen, ob etwas gegen ihren Schritt drückte, doch da war nichts außer dem inneren Druck, der sie dazu brachte, sich winden zu wollen.

Kyles Hand glitt zu ihrem Hals, zog sie näher und brachte sie in einen anderen Winkel, während er sie weiter küsste. Sie drückte sich an ihn und genoss die Empfindungen, die sie durchströmten.

Doch auch, wenn sie den Kuss erwiderte, fragte sie sich, was sie tat. Warum zog sie nicht ihr Messer und zwang ihn, sich zurückzuziehen?

Er zog sie hoch, damit sie auf ihm lag, während seine Zunge ihre Magie wirken ließ. Sein Herz pochte unter ihren Händen. Die lange, harte Form seines Körpers warm gegen ihren Oberkörper und ihre Gliedmaßen.

Und sie erkannte die lange, harte Form von etwas anderem, das gegen ihre Beine drückte.

Oh. Mein. Gott.

Sie drückte sich mit ihren Händen von seiner harten Brust hoch, um in dunkelbraune Augen zu starren, unsicher, was sie tun sollte. Sie fühlte sich sicher, auch wenn das das Wahnsinnigste sein musste, was sie in ihrem Leben getan hatte.

„Fühlst du dich besser?", formte Kyle mit den Lippen, während er mit einem Finger über das Ohr strich, auf das sie kurz zuvor ihre Finger gepresst hatte.

Robyn nickte.

„Lass uns noch ein bisschen schlafen. Wir sprechen morgen früh, okay?"

Sie nickte erneut und beugte sich hinunter, um ihm einen weiteren sanften Kuss zu geben, bevor sie von seinem Körper herunterrutschte, um ihren Schlafplatz neu zu ordnen. Jegliche Sorge über ihre seltsame Reaktion auf ihn wurde durch die schnelle Linderung ihrer Ohrenschmerzen weggewischt.

Sie hatte gerade die untere Decke glatt gestrichen, als eine sanfte Berührung an ihrem Arm sie innehalten ließ.

Kyles Augen waren bezaubernd, als er sie anstarrte, bevor er sprach. „Bitte, kann ich dich halten?"

Robyn schluckte schwer. Oh Mann, wie sehr sie wollte, dass er sie hielt. Sie nickte, bevor sie ihr Kinn senkte, um seinem Blick auszuweichen.

Er schob seine Unterlage näher heran und zog ihren Schlafsack unter sie, bevor er einen Arm um ihre Taille legte und sie gegen seinen warmen, harten Körper zog. Er zog seinen Schlafsack über sie beide, schob seinen Arm unter ihren Kopf und schlang seine Beine um ihre.

Es war das unglaublichste Gefühl, sicher und geborgen.

Das war *verrückt*. Sie kannte diesen Mann nicht, und

hier lag sie, eingewickelt wie eine Biscuitroulade an ihn geschmiegt.

Seine Finger glitten über ihren Arm, um sich mit ihren zu verflechten, bevor er ihre verbundenen Hände auf ihren Bauch legte.

Ja, total verrückt.

Sie schloss die Augen und schlief ein.

DAS KLAPPERN von Töpfen und Pfannen weckte Kyle am Morgen, und er stöhnte.

Es gab Zeiten, in denen es ein Segen wäre, taub zu sein. Oder ihn zumindest davon abhalten würde, seinen Bruder töten zu wollen.

Eingehüllt in Robyns Wärme war er noch nicht bereit aufzustehen.

Sie hatten sich im Schlaf gedreht. Er lag flach auf dem Rücken, ihr Kopf ruhte auf seiner Brust. Ihre Hände umklammerten ihn, während eines ihrer Beine über seine Hüfte gerutscht war und die Innenseite ihres Oberschenkels auf seine Morgenlatte drückte.

Es war Himmel und Hölle zugleich, ihr Gewicht auf sich zu spüren.

„Also, ich nehme an, du hattest eine interessante Nacht. Es ist auch offensichtlich, dass ich wie ein Murmeltier schlafe." TJs grinsendes Gesicht blickte auf sie herab, sein Blick wanderte über Robyn, die sich an Kyles Körper klammerte. „Soll ich Kaffee kochen oder ein paar Stunden Langlauf machen?"

„Hör auf, sie so anzugrinsen. Nichts ist passiert. Ja, mach Kaffee und hör auf, so ein kleiner Klugscheißer zu sein." Kyle sprach leise, doch sie wachte auf und reagierte auf die Vibration in seiner Brust. „TJ, geh' frühstücken. Ich will nicht, dass es ihr peinlich ist."

„Was sollte ihr peinlich sein? Sie ist deine Gefährtin. Ihr könntet vor dem ganzen Rudel bobfahren, und niemandem wäre es peinlich. Außer Keith. Ihm wäre es peinlich, weil er glaubt, den größten Schwanz im Rudel zu haben, und wenn du ..."

TJs Worte verklangen, als er in ihren mitgebrachten Vorräten nach dem Kaffee suchte.

Kyle sandte ein Stoßgebet gen Himmel, dass Robyn nicht ausflippen würde, wenn sie in seinen Armen aufwachte. Er wollte in ihrer Beziehung keinen Rückschritt machen. Er spürte, dass heute ein großer Tag werden würde. Ein Tag großer Offenbarungen. Ein Tag —

„Ahhh."

Er presste seine Lippen aufeinander, als er ihr Handgelenk packte. Sie hatte ihr Bein von seinem Schwanz gleiten lassen, als sie aufgewacht war, was traurig, aber verständlich war. Doch stattdessen war ihre Hand dorthin gewandert, und sie war mit ihren Fingern über seine harte Länge geglitten und hatte sie schließlich auf seinen Hoden liegenlassen.

„Alles okay, Bruder?" TJ kam mit einem besorgten Gesichtsausdruck zurück.

„Alles okay. Ähm, Wadenkrampf. Kümmre dich um den Kaffee."

„Ja, Master. Sofort, Master."

Kyle blickte auf Robyn hinab, die ihn anlächelte, mit einem schelmischen Glitzern in den Augen, das er am Tag zuvor nicht bemerkt hatte.

Sie formte die Worte „Wadenkrampf" und drückte. Ihr Gesicht war gerötet, doch sie grinste immer noch, und als sie sich vorbeugte, um ihn zu küssen, dachte er, er müsse gestorben und in den Himmel gekommen sein.

Was auch immer passiert, lass es bitte nicht aufhören.

Unglücklicherweise richtete sie sich auf, nachdem sie ihre Lippen über seine gestreift hatte, und fuhr mit ihren Fingern auf eine Weise über seinen Oberkörper, die ihn wahnsinnig machte, bevor sie unter dem Schlafsack hervorkroch, um sich in ihrer Ecke des Raumes anzuziehen.

Während er sich zwang, sie zu ignorieren, beobachtete Kyle, wie TJ drei Tassen herausholte und eine große Pfanne mit dicken Schinkenscheiben aufsetzte.

Robyn kehrte vollständig angezogen in sein Blickfeld zurück, und sein Bruder hielt sie auf.

„Guten Morgen. Hey, wie sagt man das in Gebärdensprache?"

Sie hielt inne. Sie zeigte ihm mit dem Daumen nach oben, platzierte ihre linke Hand neben ihrem rechten Ellbogen und hob ihre rechte Hand in einem Bogen.

TJ kopierte die Geste. „Oh, cool, wie die aufgehende Sonne. Hey, Kyle, schau mal."

TJ gestikulierte ‚guten Morgen' in seine Richtung.

Ein Kichern von ihr veranlasste sie beide, sich umzudrehen und sie staunend anzusehen.

„Du kannst lachen?", fragte TJ.

Ihr Lächeln verschwand, und Kyle fluchte innerlich.

Sie schrieb schnell etwas auf den Zettel und verschwand dann aus der Tür.

Er vergewisserte sich, dass sie auf das Nebengebäude zusteuerte, bevor er die Nachricht las.

Ich bin taub, nicht stumm. Habe als Kind mein Gehör verloren. Virus. Ich habe eine hässliche Stimme. Zwei Zucker bitte.

TJ stieß einen leisen Pfiff aus. „Mann, oh Mann, das

wird anstrengend. Ich bin froh, dass sie deine Gefährtin ist und nicht meine. Habt ihr beide gefickt?"

Kyle schlug ihn.

Nicht hart genug, um dauerhaften Schaden anzurichten, aber hart genug, um den Schock in TJs Augen sehen zu können.

Nachdem er sich vom Boden aufgerappelt hatte, neigte sein Bruder den Kopf und entblößte vorsichtig seinen Hals. Er tat all die richtigen Dinge angesichts seines Rangs in der Rudelhierarchie.

„Du wirst deinen Verstand benutzen, um dich daran zu erinnern, höflich zu sein, wenn du mit und über meiner Gefährtin sprichst. Verstanden?" Kyle sprach die Worte langsam, während er Kaffee in seine und Robyns Tasse goss. „Auch wenn es dich verdammt nochmal nichts angeht, wenn du klar denken würdest, wüsstest du die Antwort bereits. Benutz deine verdammte Nase. Nein, wir haben uns noch nicht gepaart. Doch aus irgendeinem verrückten Grund hat sie sich von mir küssen und halten lassen, und obwohl ich froh bin, sagen zu können, ja, sie ist definitiv meine Gefährtin, habe ich keine Ahnung, warum sie anscheinend nichts über Wölfe weiß."

Er ließ sich schwer auf einen Stuhl neben dem Tisch fallen.

„Das ist seltsam." TJ schloss sich ihm an, sein Moment der unterwürfigen Pose war vorbei.

„Ich will nicht, dass du irgendwelche dummen Bemerkungen machst, bis wir das herausgefunden haben. Verstanden?"

TJ zuckte mit den Schultern. „Ich werde mich benehmen. Hört sich wahrscheinlich schon ein bisschen verrückt an, wenn man sowas sagt wie: ‚Hey, warum wusstest du nicht, dass du ein Werwolf bist und, oh, übrigens, du bist meine Gefährtin. Oh, und nächstes Wochenende findet ein tödlicher Kampf um die Führung unseres Rudels statt, und ich bin einer der Teilnehmer.' Verrückt, aber ... ich denke, es wäre vielleicht am besten, alle Karten auf den Tisch zu legen." Er drehte sich um und kümmerte sich um den Schinken in der Pfanne. „Solange wir hier sind, kann sie nirgendwohin verschwinden. Das gibt dir Zeit, alles zu klären."

Zum zweiten Mal in ebenso vielen Tagen knallte die Tür hinter ihnen auf, und Robyn stürmte herein, ihr Gesicht gerötet und ihre Augen funkelnd.

Sie starrte mit bebenden Nasenflügeln zwischen den beiden hin und her.

Auch, wenn sie nicht wusste, dass sie ein Wolf war, hatte sie die Böser-Blick-Nummer ziemlich gut im Griff, dachte Kyle, als ihm ein Schauer über den Rücken lief. TJ bemühte sich, auf den Beinen zu bleiben.

Sie überraschte ihn, als sie sprach. Ihre Stimme war rau und wirkte ein bisschen eingerostet, aber sehr kraftvoll. Kyle hatte im Laufe der Jahre einige Alphas gehört, und sie gehörte zu den Besten.

„Wer ist mein Gefährte?"

Ohne zu zögern, zeigte TJ auf Kyle, bevor er fluchte und wie ein enttäuschtes Kind mit den Füßen aufstampfte. „Oh verdammt, sie weiß, wo ich stehe? Ich hoffe, sie befiehlt mir nicht, dass ich von einer Brücke springen soll oder so, denn ich ..."

Robyn stürmte auf sie zu und griff nach dem Block.

Kyle las ihr beim Schreiben über die Schulter.

Wenn ihr nicht belauscht werden wollt, sprecht nicht, so, dass ein Lippenleser eure Lippen sehen kann.

Und Werwolf?

Paaren?

Tödlicher Kampf?

Wovon zur HÖLLE redet ihr?

Sie stand vom Tisch auf und hielt inne, um hinzuzufügen: *Wo ist mein Kaffee? Und ich hoffe für euch, dass er stark ist.*

4

Es dauerte drei Stunden, zwei Notizblöcke und vierzehn Schinken-Ei-Sandwiches.

Kyle fand, dass es im Großen und Ganzen recht gut lief, zumal er es geschafft hatte, TJ während des Verhörs nicht bei lebendigem Leib die Haut abzuziehen.

Robyn hatte zunächst steif und wütend dagestanden und wirkte, als könnte sie ihre Kaffeetasse schleudern, wenn jemand eine falsche Bewegung machte.

„Komm, setz dich, und wir erklären dir alles." Er rückte einen Stuhl für sie zurecht, und sie setzte sich vorsichtig hin und rutschte herum, um beide im Blick zu behalten.

„Tut mir leid, Bruder, meine große Klappe hat uns diesmal wohl beide in Schwierigkeiten gebracht." TJ berührte zur Entschuldigung Kyles Arm.

Ein plötzliches Geräusch auf den Dielen ließ beide herumwirbeln, um sie anzusehen, als sie mit den Füßen aufstampfte und sie böse anstarrte.

Sie deutete auf die Stühle und schrieb schnell, wobei sie die Bleistiftmine abbrach, als sie ihr letztes Wort unterstrich.

Wir werden das jetzt besprechen. Setz dich hin und wage es nicht, nochmal zu sprechen, wenn ich dich nicht sehen kann. Arschloch.

Kyle streckte beruhigend die Hand aus, setzte sich und bedeutete TJ, sich zu ihnen zu setzen. „Ich verstehe. Wir beantworten deine Fragen. Was möchtest du wissen?"

Robyn fand einen anderen Stift und schlug eine neue Seite auf. *Glaub nicht, weil ich letzte Nacht ein bisschen verrückt war und dir erlaubt habe, mich zu berühren, dass du mich heute Morgen verarschen kannst. Du bist verrückt, oder? Aus irgendeinem Heim abgehauen?*

„Nein, es ist wahr. Wir können uns in Wölfe verwandeln."

Zeig es mir. Sie lehnte sich in ihrem Stuhl zurück und starrte sie herausfordernd an.

Die beiden Männer tauschten Blicke aus.

Was? Braucht ihr Vollmond dazu?

Beide Männer ließen für einen Moment ihre Köpfe in ihre Hände sinken. Verdammte Märchen. Schließlich blickte Kyle auf und sah ihren sehr verwirrten Gesichtsausdruck.

„Nein. Ausgewachsene Wölfe brauchen keinen Vollmond. Und wir beißen Menschen nicht, um sie in Werwölfe zu verwandeln. Entweder man hat das Gen oder nicht. Entschuldigung, das ist eins dieser Ammenmärchen, die uns in den Wahnsinn treiben. Wir müssen, ähm, unsere Kleider ausziehen, um zu wandeln." Kyle beobachtete Robyns Gesicht. Ihre Wangen färbten sich rot, und in ihren Augen funkelte der Schalk, den er am Morgen schon einmal gesehen hatte.

Gut, vielleicht würde die Situation nicht zu viel Schadensbegrenzung erfordern.

Sie schob den Block über den Tisch. *Eine private*

Stripshow? Klasse. Auch wenn ihr euch nicht verwandelt, ist der Morgen nicht ganz verloren.

Kyle lachte und wandte sich TJ zu.

Sein Bruder wusste sofort, was Kyle erwartete, aber TJ protestierte. „Du solltest derjenige sein, der sich auszieht. Dich wird sie am häufigsten nackt sehen."

Kyle funkelte seinen Bruder an.

„Was? Hast du immer noch Probleme mit deinem Ständer? Mann, jetzt denke ich wirklich, du solltest wandeln. Würde dir recht geschehen, allein dafür, dass du mich hierher mitgeschleppt hast, anstatt mich mit dem Rest des Rudels bei Klondyke Kate abhängen zu lassen."

„TJ", knurrte er.

„Okay, okay, jetzt mach dir nicht ins Fell. Ich mach's ja, aber du behältst sie im Auge. Wenn sie irgendetwas gebärdet, das wie ‚süßes Hündchen' oder ‚süßes, flauschiges Wuffi' aussieht, will ich es lernen, um die Jungs beim nächsten Rudeltreffen beleidigen zu können."

Robyn zog eine Augenbraue hoch.

„Hör auf mit dem Spock-Look, das macht mich echt wahnsinnig. Ich erwarte fast, dass dir spitze Ohren wachsen und dich sagen zu hören: Aber das ist nicht logisch." TJ schwafelte weiter, während er seine Kleider fallen ließ, bis er nackt in der Mitte der Hütte stand.

Er wackelte mit den Augenbrauen, und sie wurde noch roter.

„Mach weiter, bevor ich den vulkanischen Todesgriff anwende, kleiner Bruder", zischte Kyle durch zusammengebissene Zähne.

TJ schimmerte, und plötzlich waren da zwei Bilder, die sich zu überlagern schienen, ein weiteres Schimmern, und ein großer silbergrauer Wolf saß vor ihnen.

Robyn spannte sich an und stand dann mit vor Staunen

weit aufgerissenen Augen auf. Sie stand einen langen Moment da und starrte einfach nur, ihr Atem schnell, ihr Gesicht gerötet.

Er war bereit, ihren Arm zu berühren, um sie zu beruhigen, als sie auf die Knie ging und in Zeitlupe die Hand ausstreckte, um das Fell auf TJs Kopf und Hals zu streicheln.

Nach ein paar Streicheleinheiten rollte sich TJ auf seinen Rücken und streckte ihr seinen Hals entgegen

Bei diesem Anblick schoss eine Woge der Freude durch Kyles Adern. Sein Bruder war zwar nicht immer das schärfste Messer in der Schublade, doch ein körperlich starker Wolf. TJ unterwarf sich nicht so schnell irgendjemandem. Ein weiterer Indikator dafür, dass die Frau, die zu Kyles Füßen kniete, eine starke Bereicherung in seinem Leben sein würde.

TJ wandelte sich zurück, und Robyn riss ihre Hand zurück, als sie über seine nackte menschliche Brust streichelte.

„Verdammt!", fluchte sie und sprang von TJ weg, rückwärts gegen die Tür.

„Oops, Entschuldigung. Du hast mich tierisch gekitzelt. Junge, bin ich froh, dass du nicht „Scheiße" oder irgendein ähnliches Schimpfwort hast. Bei deiner starken Stimme wäre ich wirklich in der Bredouille gewesen", murmelte TJ leise, während er sich anzog.

Sie schloss für einen Moment die Augen und atmete zittrig ein. Verdammt, konnte TJ irgendetwas tun, ohne es zu vermasseln?

Kyle füllte ihre Kaffeetasse nach und wartete darauf, dass sie die Augen öffnete, bevor er auf den Stuhl neben sich klopfte.

Er wollte, dass sie sich auf seinen Schoß setzte und sie

wie letzte Nacht darauf kriechen lassen. Genau genommen wollte er sie ausziehen und in sie hineinkriechen, doch das würde seinerseits ein bisschen mehr Zeit und Geduld erfordern.

Er hasste es, geduldig zu sein.

IHR SCHWIRRTE DER KOPF, ihr Herz pochte in Lichtgeschwindigkeit und irgendwo musste sie in einen Kaninchenbau gefallen sein.

Tad würde das niemals glauben. Es fiel ihr schon schwer, es zu glauben, und sie hatte gesehen, wie TJ sich gewandelt hatte. Sie hatte seine Wolfsgestalt berührt. Es war keine Illusion.

Es sei denn, es war etwas in ihrem Kaffee gewesen. Sie schnupperte vorsichtig daran. Roch wie normaler Midnight Sun Kaffee. Sie blickte auf und sah, dass Kyle sie beobachtete, seine wunderschönen Augen dunkel und gefährlich. Ein Schauer lief ihr über den Rücken, und Hitze flammte in ihrem Bauch auf.

Verdammt, er war stark.

Sie nahm den Notizblock und saß eine Weile da und überlegte, was sie schreiben sollte. Sie hob den Kopf und klopfte ein paarmal mit dem Bleistift auf den Tisch, während sie sich auf die Lippe biss. Schließlich entschied sie sich für Ehrlichkeit.

Also ich gebe es zu. Das war ziemlich cool.

Kyle lächelte, und sie schmolz noch mehr. Angesichts seines Lächelns und dem Ausdruck in seinen Augen wurde ihr Mund wässrig. Und weiter südlich wurde sie feucht.

Sie trank schnell einen Schluck von ihrem Kaffee und wandte den Blick von seinen Augen ab.

Also, wie kommt ihr darauf, dass ich ein Wolf bin? Ich habe mich nie in irgendwas verwandelt.

„Du riechst nach Wolf." TJ beugte sich in seinem Stuhl vor und schnupperte in ihre Richtung. „Ja. Ich kann es nicht besser erklären. Ich kann dich nicht an einem Menschen und dann an einem Wolf schnuppern lassen, denn wir sind hier alle Wölfe. Aber wenn wir in die Zivilisation zurückgehen, können wir es dir zeigen. Nun, selbst dort ist es schwierig, jemandem zu erklären, dass du ihn beschnuppern musst, aber ihm nicht sagen willst, warum. Vertrau' uns. Du bist ein Wolf."

Kyle nickte zustimmend, und Robyn drehte sich auf ihrem Stuhl herum, um aus dem Fenster zu starren. Eine Flutwelle von Emotionen packte sie. Die Fähigkeit, sich in einen Wolf zu verwandeln. Wer würde das nicht können wollen? Märchen und Literatur, in die sie sich so gern flüchtete, waren voll davon.

Es sprach auch etwas tief in ihr an, das sich seit vielen Jahren eingepfercht und gefangen gefühlt hatte. Auch wenn ihr ihre Arbeit in der Bäckerei Spaß machte und sie ihren Bruder liebte, war sie nie ganz glücklich, es sei denn, sie war irgendwo in der Natur – beim Skifahren, Wandern oder Kanufahren.

Vielleicht war das der Grund.

Sie schob TJ den Notizblock entgegen. *Wie kommt es, dass ich nie pelzig geworden bin?*

TJ rümpfte die Nase und überlegte kurz. „Kyle? Ideen?"

Kyle streichelte geistesabwesend ihren Arm, während er nachdachte, und sie unterdrückte ein Stöhnen. Oh Mann, das fühlte sich gut an. Ihre Haut sehnte sich danach, berührt zu werden, und so sehr sie Antworten finden wollte, ihr Bedürfnis, Kyle zu bespringen, war größer. Die

Anziehung, die letzte Nacht begonnen und dazu geführt hatte, dass sie jeglichen gesunden Menschenverstand verloren hatte und in den Armen des Mannes eingeschlafen war, schien zu wachsen.

Konzentrier dich. Sie musste sich auf die coole Idee konzentrieren, dass sie sich vielleicht tatsächlich in einen Wolf verwandeln könnte.

„Okay, ein bisschen Hintergrundinfo", sagte Kyle. „Vollblutwölfe wie wir werden mit den Genen geboren, die uns erlauben, zu wandeln, aber sie sind bei Neugeborenen ausgeschaltet, bis sie getriggert werden. Als würden sie ruhen. Aus irgendeinem Grund müssen deine Gene nie aus dem Ruhezustand gekommen sein."

Ein Trigger?

Kyle nickte. „Ja. Es ist ein Hormon, und Neugeborene bekommen es mit der Muttermilch."

Robyns Magen sackte ihr in die Kniekehlen. Nein, mehr als das, er sprang vom Rand des Mount Logan und stürzte in die Tiefe der nächsten Gletscherspalte.

Die Möglichkeit, dass sie ein magisches Wesen war, hatte sie begeistert. Gesehen zu haben, wie sich TJ gewandelt hatte, hatte etwas in ihr geweckt, voller Freude und Freiheit, und ein tiefes Glück, das sie ihr ganzes Leben lang vermisst hatte.

Jetzt entglitt es ihr, und sie konnte nichts dagegen tun.

Sie stieß sich vom Tisch ab und griff nach ihrer Jacke. Kyle stand auf, doch sie ignorierte seine ausgestreckte Hand und kämpfte gegen die Tränen an, als sie nach draußen eilte.

Verdammt, es war nicht fair.

Sie schaffte es, ihre Jacke zuzuziehen, bevor die Tränen zu fließen begannen. Sie stand da und starrte auf den See hinaus, die Arme fest um ihren Oberkörper geschlungen, während ihre Augen sich füllten und überliefen. Der strahlende Sonnenschein um sie herum trug nicht dazu bei, die Dunkelheit zu erhellen, die sie empfand, etwas verloren zu haben, das sie sich gewünscht hatte. Etwas, von dem sie nicht gewusst hatte, dass sie es sich so sehr gewünscht hatte.

Obwohl sie wie ein Schlosshund heulte, spürte Robyn, wie er näher kam. Sanfte Arme legten sich um ihren Oberkörper und zogen sie zurück an seinen, um sie zu stützen. Er hielt sie locker genug, dass sie sich ihm entziehen konnte, wenn sie wollte, aber nah genug, um sie seine Sorge spüren zu lassen.

Ein weiteres Schluchzen entfleuchte ihr, bevor sie es verhindern konnte, und Kyle drehte sie um und hob sie hoch, als wäre sie ein Kind.

Sie schlang ihre Arme um seinen Hals, vergrub ihr Gesicht in seiner Jacke und ließ dem Elend seinen Lauf.

Ihr Herz schmerzte.

Langsam, als sie seine Stärke, den Trost spürte, den er bot, ließ der Schmerz nach. Er strich mit einer Hand über ihr Haar, und sie erinnerte sich, dass er sie letzte Nacht so berührt hatte. Er musste denken, dass sie sowas wie ein emotionales Jo-Jo war, das heiß und dann kalt wurde. Sie holte tief Luft und schniefte heftig, während sie sich aus seiner Umarmung löste.

Er nahm ihr Gesicht in die Hände und wischte eine Träne mit seinem Daumen weg. „Ich bin mir nicht sicher, was los ist, aber ich glaube, ich habe eine Ahnung. Ist deiner Mutter bei deiner Geburt irgendwas zugestoßen?"

Robyn nickte. Sie suchte in ihren Taschen nach Taschentüchern. Er reichte ihr eines. Es dauerte einen Moment, bis sie sich wieder im Griff hatte. Kyle ignorierte höflich ihre laufende Nase und ihr nasses Gesicht, bis sie sich präsentabel fühlte.

Sie warf ihm einen kurzen Blick zu, als er dastand und wartete. Er blickte über den See, sein starker Körper wie eine Granitsäule. Was faszinierte sie so an diesem Mann?

Er drehte sich um, um zu sehen, ob sie bereit war, und streckte ihr eine Hand entgegen. Sie ergriff seine warmen Finger und genoss das Prickeln, das ihren Arm hinauflief, als er seine Finger um ihre legte und sie zurück in die Hütte führte.

Drinnen sagte Kyle nichts. Stattdessen bereitete er ihr einen Teller mit Essen zu und setzte sich neben sie, während er von seinem eigenen Teller zu essen begann.

Der Kloß in ihrem Hals beruhigte sich, unterstützt durch die Tatsache, dass ihr das Wasser im Mund zusammenlief, wenn sie so neben Kyle saß, und sie doppelt so oft schlucken musste wie gewöhnlich.

TJ sprach, während er aß, was für verwirrende Momente sorgte, da Robyn das meiste, was er sagte, nicht richtig verstand. Sie war gut im Lippenlesen – aber nicht so gut. Er erzählte ihr über ihr Rudel und wie sie Zeit miteinander verbrachten, sowohl in menschlicher als auch in Wolfsgestalt. Irgendwann war sie sich sicher, dass er etwas davon gesagt hatte, den Leuten auf der Hauptstraße von Haines den nackten Hintern zu zeigen, aber das musste an dem extragroßen Stück Sandwich gelegen haben, das er sich in den Mund geschoben hatte.

Nach dem Frühstück musste Robyn zugeben, dass sie sich besser fühlte. Einen emotionalen Zusammenbruch auf nüchternen Magen zu haben, war zu viel.

Kyle nahm ihr Geschirr und küsste sie zärtlich auf die Wange. „Wir machen den Abwasch, du schreibst. Sag mir, was dir auf der Seele liegt."

Seine dunklen Augen blieben bei ihr, bis sie nickte, dann wandte er sich ab und machte sich an die Arbeit. Er und TJ hantierten mit dem Geschirr und Spülmittel herum, und als sie damit fertig waren, räumten sie ihre Schlafsäcke weg. Sie nippte an ihrem Kaffee, während sie sie beobachtete. Die Liebe zwischen den Brüdern war offensichtlich.

Sie zwang sich, den Block heranzuziehen und zu schreiben. Als sie fertig war, sah sie Kyle, der sie von dort aus beobachtete, wo er am Rand der Schlafplattform wartete. Sein Blick glitt über ihren Körper, und er versuchte nicht, den Ausdruck des Verlangens zu verbergen. Ihre Blicke begegneten sich, und der Schock der Verbindung traf sie wie eine Dampframme.

Die Wolfsache. Es musste mit der animalischen Anziehungskraft zu tun haben, dass sie sich mit dem Mann am Boden wälzen wollte. Vorzugsweise nackt.

Sie leckte sich unwillkürlich die Lippen, und das antwortende Aufblitzen in seinen Augen erhitzte ihr Blut bis fast zum Siedepunkt.

Verdammt, es war Zeit, mit dem Kaffee aufzuhören und Eiswasser zu trinken.

Kyle tippte auf den Platz neben sich und streckte eine Hand nach dem Notizblock aus. „Komm her. Setz dich zu mir, während ich lese."

Sie machte einen Schritt auf ihn zu, hielt dann inne und warf einen Blick auf TJ, der ausgestreckt auf einem Stuhl vor dem Ofen saß und etwas in das Tagebuch der Hütte schrieb.

„Er lässt uns das in Ruhe ausdiskutieren", erklärte Kyle ihr.

Robyn saß da und war sich des Gefühls sehr bewusst, dass sein Oberschenkel ihren berührte, als er seinen Körper verlagerte, um einen Arm um ihren zu legen und sie fest an seine Seite zu kuscheln. Wenn sie aufblickte, konnte sie immer noch sehen, wie sich seine Lippen bewegten.

Tatsächlich waren seine Lippen nah genug, um sie zu küssen, wenn sie sich ein wenig vorbeugte.

Sie riss ihren Kopf zurück in einen sicheren Abstand und betrachtete den Notizblock und die Nachricht, die sie geschrieben hatte.

Meine Mutter und mein Vater haben entlang des Dempster Highway Karibus gejagt, als es in ihrem Jagdcamp zu einem Unfall gekommen ist. Jemandes Waffe ging los, und die Kugel hat meinen Vater sofort getötet und meine Mutter schwer verletzt, was sie in einen Schockzustand versetzte. Den anderen im Lager ist es gelungen, sie ins Krankenhaus in Dawson City zu bringen, wo ich fast zwei Monate zu früh geboren wurde. Meine Mutter starb direkt nach meiner Entbindung, und ich wurde adoptiert. Von meinen Eltern habe ich nur mein Messer.

Ich schätze, das ist der Grund, warum ich nie „getriggert" wurde? Ich kann mich nicht in einen Wolf verwandeln.

Ich wünschte, ich könnte. Ich wette, es ist ein unglaubliches Gefühl.

Sie blickte auf, um zu sehen, ob er zu Ende gelesen hatte.

Er lächelte sanft. „Alles wird gut. Ich muss zuerst ein paar Dinge erklären, um dir zu helfen, alles zu verstehen."

Er riss das oberste Blatt des Notizblocks ab. Sie sah über seinen Arm hinweg, als er die Seite in drei Teile teilte und in jeden Teil einen Kreis malte. In den oberen Kreis schrieb er Vollblut, in den untersten schrieb er Halbblut. Den mittleren ließ er leer.

Er passte seine Sitzposition an, bis sie beide bequem auf dem Podest saßen und er sie besser ansehen konnte.

„Kurze Biologiestunde, Robyn. Vollblut-Werwolf, sowohl Mom als auch Dad haben die Gene. Sie geben das ruhende Gen an das Baby weiter. Ein Baby, das durch Hormone in der Milch getriggert wird, kann sich ab der Pubertät in einen Wolf verwandeln." Er ließ den Notizblock für einen Moment sinken. „Und wenn du denkst, dass Menschen im Teenageralter launisch sind, warte, bis du einen fünfzehnjährigen Wolf siehst, der Angst vor dem Erwachsenwerden hat. Das ist furchteinflößend."

Sie schnaubte. Er zwinkerte und fuhr dann fort.

„Halbblut, nur ein Elternteil hat Wolfsgene. Sie werden immer noch an das Baby weitergegeben, schlafend, aber aus irgendeinem Grund löst sie nicht einmal die Milch einer Werwolfmutter aus. Die Hormone müssen von etwas anderem kommen." Robyn sah zu, wie Kyle Milch über den oberen Kreis schrieb. Er hielt inne, bevor er Sex über den unteren Kreis schrieb.

„Halbblutwölfe können getriggert werden, wenn sie Sex mit einem Vollblut haben. Die beim ungeschützten Sex freigesetzten Hormone wirken schnell, und da Wölfe keine sexuell übertragbaren Krankheiten bekommen können, ist es sowohl effizient als auch sicher. Es gibt eine kleine zusätzliche Komplikation für Männer wegen etwas, das ‚Erste Paarung' genannt wird, aber Frauen müssen sich darüber keine Sorgen machen." Er hielt inne, und Robyn schluckte schwer.

Das war eine Überraschung.

Ein Kreis musste noch ausgefüllt werden. Sie sah zu, wie er ihren Namen in das leere Feld schrieb.

Oh Scheiße. Sie wusste, worauf er hinaus wollte.

Sie griff nach dem Stift, blätterte die Seite um und rutschte von ihm weg, um zu schreiben. Sie war vielleicht scharf auf den Mann. Auf keinen Fall würde er eine Biologiestunde benutzen, um ihr an die Wäsche zu gehen.

Du willst mit mir schlafen?

Das Aufblitzen heißer Begierde in seinen Augen beantwortete die Frage schneller als sein Mund es je könnte.

„Warte, Robyn. Es gibt noch eine Sache, die ich erklären muss. Und das ist alles, was ich tue, erklären. Du kannst alle Entscheidungen treffen, die du treffen willst, basierend auf dem, was ich dir sage. Vertrau mir."

Sie zögerte und schüttelte dann beharrlich den Notizblock. Wenn er es nicht zugeben würde, würde sie ihn schlagen.

„Verdammt, ja, ich will Liebe mit dir machen. Aber das liegt daran, dass du meine Gefährtin bist."

Ihre Finger waren unbeholfen, als sie sich bemühte, schnell zu antworten. *Wie passend. Vielleicht sollte ich TJ fragen, ob er mich auch ficken will.*

Kyle polterte los, so laut, dass sie seine Worte bis in die Knochen spürte. „Niemand sonst wird dich ficken, schon gar nicht TJ!"

Aus dem Augenwinkel sah sie, wie TJ rückwärts von seinem Stuhl fiel und in einer Pfütze geschmolzenen Schnees auf dem Boden landete, die Augen weit aufgerissen, als er seine Aufmerksamkeit auf sie richtete.

„Heilige Scheiße, Kyle, was erzählst du ihr?" TJ musste die Antwort nicht gefallen haben, denn er blieb liegen und zeigte seinen Hals. „Dann mach hin. Nur deiner Seite eurer Unterhaltung zuzuhören, macht mir Todesangst."

Robyn überlegte einen Moment, dann hob sie die Hand in Kyles Richtung. Sie ging hinüber zu TJ und schrieb *ihm* eine Nachricht.

Selbst wenn sie das geprobt hatten, glaubte sie nicht,

dass TJ schnell genug denken konnte, um zu versuchen, sich eine Lügengeschichte einfallen zu lassen. Er würde gezwungen sein, ihr die Wahrheit zu sagen.

Kyle sagt, er ist mein Gefährte. Was bedeutet das, und wie kann ich feststellen, ob das stimmt?

„Hey, Bruder, sie fragt mich nach dir."

Robyn ging zurück zur Schlafplattform und behielt TJ im Auge, was bedeutete, dass ihr Kyles Antwort entging und sie nur TJs Augenrollen und die nächsten Worte mitbekam.

„Natürlich werde ich sie nicht anfassen. Aber du musst mir trotzdem versprechen, dass du mir nicht wehtun wirst."

Kyle musste ruhig genug geantwortet haben, um TJ in Sicherheit zu wiegen, da er schließlich vom Boden aufstand. Er verzog sein Gesicht, blickte zur Decke auf und rieb sich mit einem Finger über die Lippen, als ob er versuchte, sich an etwas zu erinnern. Dann nickte er vor sich hin und wandte sich Robyn und Kyle zu.

„Alles klar. Gefährten wie ein verheiratetes Paar, nur besser und das aus fünf Gründen." Er hielt eine Hand hoch und hob bei jedem Punkt einen Finger. „Erstens haben Gefährten ähnliche Interessen und Vorlieben. Zweitens macht es die chemische Anziehungskraft zwischen Partnern unmöglich zu übersehen, dass er „der Eine" für den anderen sind. Drittens ist Sex zwischen Gefährten superheiß und bleibt es ihr ganzes Leben lang. Viertens sind Gefährten tiefer als nur körperlich miteinander verbunden – es gibt auch eine mentale und emotionale Bindung. Und zu guter Letzt, Gefährten gehen nie fremd." TJ sah Kyle an, der mit vor Staunen offenem Mund dastand. „Ziemlich gut, was? Mark und ich haben das für die Rudelchicks aufgeschrieben, als sie eine Wolfsversion eines „Finde deinen perfekten Partner"-Quiz aus der Cosmopolitan haben wollten."

TJ ergriff Robyns Hand und zog sie mit sich, als er sich neben Kyle stellte. „Wie du feststellen kannst, ob es wahr ist, ist ganz einfach. Vergiss nicht, Bruder, du hast gesagt, du würdest mir nicht wehtun. Robyn, gib mir einen Kuss."

Kyle versteifte sich, und auch Robyn war ein wenig geschockt. Wenn es möglich war, an diesem Morgen noch schockierter zu sein.

„Nur auf die Wange! Riech meinen Duft und überleg dir, wie du dich dabei fühlst. Dann küss Kyle. Das erklärt es besser als Worte." Er drehte sein Gesicht zur Seite und behielt seinen Bruder aufmerksam im Auge.

Sie biss sich auf die Lippe. Sie brauchte diesen „Test" nicht. Sie wusste schon, was er meinte. Sie wusste, dass sie sich sexuell zu Kyle hingezogen fühlte. Voll und ganz.

Doch den Test zu machen bedeutete, dass sie ihn wieder küssen konnte.

Sie beugte sich zu TJ vor und atmete tief durch die Nase ein. Nichts als der Geruch von Spülmittel und der leicht erdige Geruch eines Mannes, der am Morgen noch nicht duschen gegangen war. Sie berührte seine Wange mit ihren Lippen und fühlte sich, wie wenn sie Tad küsste.

Vertraut, wie Familie. Aber kein Feuerwerk.

Sie verlagerte ihr Gewicht und starrte in Kyles wunderschöne Augen. Sie begann tief Luft zu holen, hielt aber schnell inne. Sein Duft erfüllte sie. Sie konnte ihn schmecken, spüren, wie er in ihre Lungen und durch ihren ganzen Körper glitt. Er roch nach der Luft einer sternenklaren Nacht, nach dunklem Schokoladenfondue und ungezügeltem, leidenschaftlichem Sex.

Unfähig, sich zurückzuhalten, ignorierte sie seine angebotene Wange und packte ihn an den Haaren, zog ihn in ihre Reichweite, damit sie ihren Mund auf seinen pressen konnte.

Als Kyle reagierte und ihre Zungen miteinander rangen, gestand Robyn sich ein, dass sie noch nie so etwas wie die Befriedigung empfunden hatte, die sie bei jedem Kontakt mit dem großen Mann vor sich empfand.

Wie es schien, hatte sie den Mann fürs Leben gefunden.

5

„Das bedeutet nicht, dass wir irgendwas tun, bis du bereit bist", sagte Kyle, als er sich endlich von ihr losreißen konnte. „Wir können uns Zeit nehmen und uns erstmal kennenlernen. Jetzt, wo ich dich gefunden habe, kann ich warten."

Ihre Augen strahlten ihn an.

TJ stieß ihn von hinten an.

„Ähm, Kyle, aber was ist mit ..."

Kyle schwang seinen Ellbogen nach hinten und traf TJ in den Magen.

„Ugh." Die Luft schoss aus TJ heraus, doch er machte weiter. „Ich sag' ja nur –"

Kyle drehte sich zu seinem Bruder um und hielt Robyn sorgsam so fest, dass sie nicht von seinen Lippen lesen konnte. „Nein, du verlierst kein weiteres Wort darüber. Verstanden?" Es war ein Befehl, gesagt in einem Ton, den TJ nicht ignorieren konnte.

Robyn war nicht die Einzige mit einer Alpha-Stimme.

TJ erstarrte. Er senkte den Blick. „Verstanden."

Kyle schob Robyn ein Stück weg und zwinkerte ihr zu.

„Es war ein anstrengender Morgen, und ich denke, wir könnten ein bisschen Bewegung gebrauchen. Wollen wir zum Mittagessen auf die Passhöhe fahren?"

Sie nickte begeistert und ging, um sich umzuziehen.

Kyle wollte ihr Zeit geben, um über alles nachzudenken, was sie erfahren hatte, doch sein Wolf weigerte sich, sie ohne seinen Schutz gehen zu lassen.

Gespaltene Persönlichkeiten waren im besten Fall schwierig, und im Moment war sein Wolf angepisst. Er sah nicht, was das Problem war und warum er sie nicht markieren oder die Paarung vollziehen wollte.

Ich weiß, Kumpel, dachte Kyle.

Er ließ den Blick über Robyns Hüften wandern, als sie ihr langärmliges Unterhemd in ihren Hosenbund steckte. In Gedanken konnte er bereits das Gewicht ihres Körpers spüren, das über seinen Schaft glitt, während er sich an diesen Hüften festhielt und ihr half, ihn zu reiten. Sein schmerzender Schwanz drückte gegen seine Skihose, und er musste ihn zurechtrücken.

Schon wieder.

Ja, er war bereit, das Opfer zu bringen, um ihr zu helfen, sich zu wandeln.

Ein Teil von ihm wollte TJ vorzeitig in die Zivilisation zurückschicken, damit sie Privatsphäre hatten. Doch so, wie TJ skiwanderte, konnte er ihn nicht allein lassen. Der Junge würde sich wahrscheinlich verirren, seine Ski kaputtmachen oder irgendwelchen anderen Mist machen.

Verdammt. Er saß abseits der Zivilisation fest – mit seiner Gefährtin und einem unerwünschten Anstandswauwau.

Nein, es war besser so. Er musste Robyn Zeit geben, sich an die neue Situation zu gewöhnen. Zeit, mit ihrer Familie zu reden und die Veränderungen zu akzeptieren, die stattfinden würden, wenn sie ihren Wolf triggern würde.

Es wäre auch nicht fair, sie zu einem Wolf und seiner Gefährtin zu machen, wenn er am Sonntag sterben würde. Es war viel besser, bis nach dem Wochenende zu warten, wenn er genug Zeit und Energie hatte, um sie angemessen zu umwerben.

Auch, wenn beim Gedanken an Warten jede Zelle seines Körpers schrie.

Er beobachtete, wie sie drei Lawinenverschüttetensuchgeräte aus dem Regal nahm, sie auf die gleiche Frequenz einstellte und die blinkenden Lichter überprüfte, um sicherzustellen, dass sie funktionierten.

„Auf keinen Fall, Kyle. Oh Mann, du weißt, ich hasse es, diese Dinger zu tragen. Sag ihr, dass ich das nicht muss", jammerte TJ.

Robyn hielt den Männern die Geräte hin und hob die Augenbrauen, als sie sah, wie TJ sich zurückzog und seine Hände hinter seinem Rücken versteckte.

„Ich hasse diese Dinger."

Ihr Achselzucken sagte, dass es ihr egal war, was er dachte, als sie auf ihn zutrat, den Riemen um seinen Hals legte und den Hüftgurt befestigte. Sie tätschelte TJs Wange, während sie mit den Augen klimperte und ihn angrinste.

„Ich fühle mich wie ein Hund mit Halsband", schmollte er.

Robyn schnaubte und drehte sich um, um sich zu vergewissern, dass Kyle sein LSV-Gerät richtig trug.

„Ich trage das beruflich. Von mir bekommst du keine Beschwerden." Er passte die Gurte um ihre Taille an und drehte einen Abschnitt des Gummibands, damit es flach an ihrem Körper anlag.

Seine Finger strichen über die Riemen, die sich über ihren Oberkörper spannten, und sein Herzschlag beschleunigte sich, als er sie unter seinen Händen spürte. Er blickte auf und sah, dass sie ihn beobachtete. Sie schluckte schwer, und ihre Zunge schoss heraus, um ihre Unterlippe zu befeuchten.

„Es wird sich noch besser anfühlen, wenn es unter deiner Jacke ist." Er hielt einen Moment inne und berührte ihre Hüftknochen. Sie war halb in seiner Umarmung, und er wollte nichts mehr, als die Bewegung zu Ende führen und sie an sich ziehen. Sie an seinem ganzen Oberkörper gepresst spüren. Seinen Mund zu ihrem senken und sie schmecken.

Sie bewegte sich, als er sich zu ihr vorlehnte, die Versuchung zog ihn an, ihre Augen waren wie ein Magnet. Immer näher kam sein Mund ihrem, als er mit seinen Händen um ihren Körper griff, um ihren Rücken zu streicheln.

Ein plötzlicher stechender Schmerz schoss durch seine linke Pobacke und stieß ihn hart gegen Robyns Körper, worauf sie rückwärts auf den Tisch zu taumelten.

„Was zum –?", polterte Kyle, als er Robyn packte und sie herumwirbelte, um nicht auf sie zu fallen.

Hinter ihnen warf TJ Ausrüstung nach links und rechts, während er seinen Rucksack durchwühlte. Seine Skistöcke waren unter seinen Arm geklemmt, nach hinten ausgestreckt, und bei jeder Bewegung, die er machte, schossen die Spitzen in ihre Richtung.

„Du verdammter Idiot!" Kyle versuchte, die sich bewegenden Stangen zu packen, doch sie tanzten weiter außer Reichweite. Eine plötzliche, besonders enthusiastische Bewegung von TJ stieß die Stöcke hart auf sie zu.

Kyle schob Robyn zur Seite, als er rief: „TJ, halt!"

Das laute Klappern der Skistöcke, die den Holztisch aufspießten, fiel TJ schließlich genug auf, um sie abzulenken.

Robyn und Kyle standen nebeneinander, zwischen ihnen der Skistock, der zitternd in den Raum ragte. TJs unschuldiger Gesichtsausdruck war mehr als irritierend.

„Was?"

„TJ, du bist eine Bedrohung für alle um dich herum", knurrte Kyle, als er den Stock herausriss und ihn seinem Bruder entgegenhielt.

„Wie ist der denn da hingekommen?"

Kyle drehte sich zu Robyn um und legte eine Hand auf ihre Schulter, um sicherzustellen, dass sie ihn ansah.

„Gibt es Zeichen, um meinem jüngeren Bruder zu sagen, dass er ein Volltrottel ist, und dass ich ihn, wenn er nicht aufpasst, mit einer kurzen Leine ans Klo binden werde?"

Robyn drehte sich demonstrativ zu TJ um und schüttelte ihre Arme. Dann hob sie langsam ihre Hand und zeigte TJ ihren Mittelfinger.

„Ja", sagte Kyle, „ich denke, das sollte alles abdecken."

Sie fuhren hintereinander zum See hinunter, Robyn folgte Kyle, der die Spur legte. Er bestand darauf, als Erster zu gehen, und sie unterdrückte ein Lachen. Er war ihrem Bruder Tad sehr ähnlich und weigerte sich, jemanden härter arbeiten zu lassen als ihn.

Es gab ihr auch Zeit, ihre Gedanken schweifen zu lassen, während sie einfach den Spuren folgte, die er im Schnee hinterließ. Obwohl alles, was er ihr heute Morgen erklärt hatte, unmöglich schien, machte der Beweis von TJs Wandlung in seine Wolfsgestalt deutlich, dass es kein dummer Witz war, den sie auf ihre Kosten zu machen versuchten.

Da war auch die Frage der sofortigen Anziehung, die sie von dem großen Mann, der vor ihr fuhr, gespürt hatte. Robyn blickte auf, um ihn zu beobachten, während er effizient daran arbeitete, Spuren in den weichen Schnee zu ziehen, der auf der Oberfläche des zugefrorenen Sees lag. Etwas an ihm faszinierte sie.

Wie ein Reh im Scheinwerferlicht eines sich schnell nähernden Lastwagens wartete sie darauf, dass die Wucht des Aufpralls sie umhaute.

Die Pheromone waren kochend heiß. Vor dem kleinen Vorfall mit den Skistöcken hatte sie gedacht, sie würde als Snack enden. Verdammt, sie *wollte* angeknabbert werden. Gänsehaut breitete sich über ihren ganzen Körper aus, wenn sie nur an Kyle und seine Berührung dachte.

Die Art, wie sie heute Morgen um ihn geschlungen aufgewacht war, die Reaktion seines Körpers auf ihre Nähe. Die seltsame Art, wie er sie mitten in der Nacht hatte trösten können. Üblicherweise hätten die Ohrenschmerzen dazu geführt, dass sie sich den ganzen Tag langsam bewegte, mit lästigen Kopfschmerzen als Zugabe. Doch eine Berührung seiner Hand, ein bisschen Kuscheln, und der Schmerz war verflogen.

Sie waren wie eine Stange Dynamit und ein Feuerzeug. Zu viel Zeit zusammen, und etwas würde explodieren.

Sie seufzte, als sie sich zum hundertsten Mal wünschte, Tad wäre hier, damit sie mit ihm reden könnte.

Ihr Adoptivbruder. War er auch ein Wolf? Er hatte nie etwas gesagt. Wenn das auch neu für ihn war, würde er sehr überrascht sein.

Doch wenn er es schon wusste und ihr nichts gesagt hatte, würde sie ihn vielleicht töten müssen.

Sie konnte ihn schon wieder protestieren hören, dass es unverantwortlich war, diesen Trip allein zu machen. Tad sagte immer, dass sie irgendwann seltsame Spinner im Hinterland treffen würde.

Er hatte wahrscheinlich nicht gedacht, dass sie jemanden treffen würde, der sie zu einem Werwolf machen wollte.

Als sie sich dem Fuß des Passes näherten, blieb Kyle stehen und ließ seinen Rucksack fallen. Robyn schloss sich ihm an, und die beiden verbrachten einen Moment damit, die Aussicht zu genießen, den Sonnenschein auf dem Schnee, die Berge, die sich kühn um sie herum erhoben.

Kyle stupste sie am Arm an und reichte ihr nach einem langen Schluck seine Wasserflasche. Als er einen Tropfen Wasser von seiner Lippe leckte, breitete sich ein warmes Summen in ihr aus. Es hatte etwas Erotisches, eine Wasserflasche zu teilen, nicht, dass ihr das zuvor bei einem Ausflug ins Hinterland aufgefallen wäre.

Sie trank einen Schluck und war sich sehr bewusst, dass Kyle ihren Mund beobachtete und wie sich ihre Kehle beim Schlucken bewegte.

Sie senkte die Flasche langsam und lächelte ihn an. Es würde interessant werden, wenn er aktiv um sie werben wollte.

„Ich gehe bergauf voraus. Kannst du auf TJ warten und dafür sorgen, dass er was trinkt? Er vergisst es gern, und am Ende ist er dehydriert." Sie nickte, und er strich mit seinen Fingern in einer sanften Liebkosung über ihre Lippen, bevor er sich abwandte.

Robyn starrte ihm nach, als Kyle langsam schräg den

Hügel hinauffuhr. Sein kraftvoller Körper schien den schwierigen Pfad mit scheinbarer Leichtigkeit zu meistern.

Wow. Sie war die Gefährtin von Mr. Sexy hier. Wie konnte sie so viel Glück haben?

Nur, dass es Ärger gab im Paradies. Irgendetwas war an diesem Morgen passiert, kurz bevor sie aufgebrochen waren. TJ war wegen irgendetwas aufgewühlt, und es war ihm gutgegangen, bis Kyle ihn unterbrochen hatte, als er etwas sagen wollte.

Zeit herauszufinden, was los war.

Es dauerte ein paar Minuten, bis TJ sie einholte. Sie reichte ihm die Wasserflasche und hielt sie eine Sekunde länger als nötig, um ihn zu zwingen, sie anzusehen. Als sie sicher war, dass er sie beobachtete, nickte sie in Kyles Richtung. Dann machte sie mit ihrer Hand eine Geste, die aussah, als redete sie mit den Fingern.

TJ biss sich auf die Lippe. „Oh, Mann, das ist unfair. Kyle hat gesagt, ich soll die Klappe halten. Du musst verstehen, dass er als Mensch mein Bruder ist und ich ihm gegenüber Loyalität empfinde. Er ist auch der mächtigste Wolf, den ich kenne, und er kann einem wirklich wehtun, wenn man nicht gehorcht."

Robyn zeigte auf Kyle und sich selbst und verschränkte dann ihre Finger.

„Ja, ich weiß, dass ihr Gefährten werdet. Das bedeutet, dass du stark genug bist, dass es mir schon wehtut, mir vorzustellen, was passiert, wenn ich dir nicht gehorche." Er neigte seinen Kopf zur Seite und fragte mit einem gequälten Gesichtsausdruck: „Ich glaube nicht, dass ich dich dazu überreden kann, mich vom Haken zu lassen?"

Robyn fühlte sich schuldig, weil sie ihn gedrängt hatte, doch da war etwas, das sie wissen musste.

Sie benutzte ihre Stimme, leise, aber klar.

„Sag es mir."

„Arghhhh! Verdammt. Gut, ich sag's dir. Er hat dir nicht die ganze Wahrheit über die Gefährtensache erzählt. Das ist nicht etwas, das man so einfach aufschieben kann. Er versucht, dir Zeit zu geben, dich daran zu gewöhnen, dass du ein Wolf bist und all das. Er versucht, ein Gentleman zu sein." TJ starrte den Hang hinauf, wo sein Bruder die erste Serpentine spurte. „Kyle wird am Sonntag um die Führung unseres Rudels kämpfen. Er ist viel stärker als der andere, und ich weiß, dass Kyle gewinnen kann. Nur der Kampf findet sowohl in Menschen- als auch in Wolfsgestalt statt und kann verdammt blutig werden, besonders wenn der Wolf eines der beiden Herausforderer nicht unter Kontrolle ist. Je länger ihr zwei mit der Paarung wartet, desto abgelenkter wird sein Wolf. Ich versuche nicht, dich mit Kyle ins Bett zu stoßen ... na ja, doch, irgendwie schon. Je früher es passiert, desto besser. Denn wenn du nicht vor dem Wochenende markiert bist und ihr euch paart, wird sein Wolf so aufgewühlt sein, dass ich Angst vor dem Ausgang des Kampfes habe."

TJ richtete seinen Blick wieder auf sie. „Ich habe auch Angst um dich, denn es könnte gefährlich sein, in der Nähe des Rudels zu sein. Seit du und Kyle euch letzte Nacht geküsst und gekuschelt habt, kommt dein Wolf an die Oberfläche, und du scheidest wie verrückt Pheromone aus. Alle Männer, die keine Gefährtinnen haben, werden extrem an dir interessiert sein. Ich glaube nicht, dass Kyle sich dessen bewusst ist, weil er sich schon zu dir hingezogen fühlt. Ich spüre es, aber ich weiß, dass du ihm gehörst, und ich zwinge mich, es zu ignorieren."

Sie nickte und berührte sanft TJs Wange, um ihre Dankbarkeit zu zeigen. Er schloss für einen Moment die Augen, dann hustete er.

„Ähm, Robyn? Du musst wissen, Wölfe stehen auf Berührungen, und so sehr ich es auch mag, wenn du mich streichelst, du solltest es besser nicht nochmal tun, bis du und Kyle Gefährten seid. Denn im Moment glaube ich nicht, dass er es ertragen könnte, dich an jemandem zu riechen, und mir wäre es irgendwie lieber, wenn er mir die Hoden nicht abreißt."

Er gab ihr die Wasserflasche zurück und bedeutete ihr, die Führung den Hügel hinauf zu übernehmen.

Sie fuhren weiter, indem sie die langen seichten Serpentinen benutzten, die Kyle gespurt hatte, um den Aufstieg zu erleichtern. Robyn warf einen Blick über ihre Schulter und sah, dass TJ ihr folgte, langsam und stetig, doch seine Skier schlitterten alle paar Schritte zur Seite. Er war schrecklich unkoordiniert auf zwei Beinen.

Als sie die Passhöhe erreichten, schwitzte sie und fühlte ein warmes Leuchten der Befriedigung von der Anstrengung. Kyle hatte einen kleinen Esbitkocher aus dem Rucksack geholt und angezündet, um Wasser zu erhitzen.

„Du bist eine gute Skifahrerin, Robyn. Du hast das Tempo gut gehalten." Kyles Kompliment wärmte sie, als sie sich ihm gegenüber niederließ. Sie seufzte entspannt, während sie ihren Blick über die sonnenbeschienenen Gipfel schweifen ließ, deren Ausläufer bis zum Pazifik reichten.

Ein Druck auf ihr Knie lenkte ihre Aufmerksamkeit wieder auf Kyle.

„Hast du Hunger?"

Sie nickte und zog ihren Rucksack näher heran, um das mitgebrachte Essen herauszuholen. Sie reichte ihm ein paar ihrer selbstgemachten Müsliriegel und beobachtete, wie Freude auf seinem Gesicht aufblühte, als er hineinbiss.

„Die sind lecker. Hast du die in Whitehorse gekauft?"

Sie schüttelte den Kopf und nickte dann, während sie auf sich selbst zeigte.

„Du hast sie nicht gekauft, aber du hast sie mitgebracht. Hast du sie gemacht?"

Sie nickte.

Die Bewunderung in seinen Augen wuchs. „Hmmm. Sie kann auch backen." Er beugte sich langsam vor und drückte ihr einen zärtlichen Kuss auf die Lippen. Sie starrten einander einen Moment lang an, und Verlangen brodelte zwischen ihnen wie eine greifbare Wolke, bevor das kochende Wasser Kyle auf die Erde zurückbrachte.

„Ihr seid zu schnell." TJs rotes Gesicht, als er sich neben Kyle fallen ließ, brachte Robyn zum Lachen. „Oh sicher, lach du nur über den Typen, der euch hinterherhechelt. Nur damit du es weißt, sobald du zum Wolf wandeln kannst, werde ich jederzeit in der Lage sein, deinen Hintern in einem Rennen zu schlagen. Nicht wahr, Kyle?"

Kyle reichte ihr eine Tasse heißen, süßen Tee. „Abgesehen davon, dass du nie wieder an Robyns Hintern denken wirst, stimme ich zu, dass du als Wolf wahnsinnig schnell bist. Robyn, ich weiß, das war verdammt viel Information mit allem, was wir dir entgegengeschleudert haben ..."

Sie wedelte mit der Hand, um ihn zu unterbrechen, und drehte ihm bewusst den Rücken zu, während sie über die Berge, über das Panorama deutete, bis sie sich ihnen wieder zuwandte.

TJ verstand. „Sie hat recht. Halt für ein paar Minuten die Klappe und genieß die Aussicht."

„Ich weiß, aber –"

„Kein Aber. Es ist jetzt zu anstrengend, zu reden. Entspann dich. Oder weißt du nicht wie? Du musst ein bisschen lockerer werden, Bruder. Nicht alles im Leben dreht sich um Rudelpolitik, Situationen auf Leben und Tod oder Captain Kirk, ich meine Kyle, der allen und jedem zur Rettung eilt."

Als TJ zu Ende gesprochen hatte, warf Robyn einen Blick auf Kyle und nickte. Sie streckte ihm die Hand entgegen, und er stand auf. Sie zog ihren Handschuh aus, um mit ihren Fingern über seine Wange zu streichen, bevor sie sich umdrehte und ihren Rücken an ihn lehnte, während sie die Aussicht bewunderte.

Er war sehr ernst, erkannte sie. Er konnte nicht viel älter sein als sie, und er hatte vor, die Führung einer großen Gruppe von, nun ja, wenn sie richtig vermutete, ziemlich eigensinnigen Individuen zu übernehmen.

Sie könnte ihm helfen, sich zu entspannen. Sie unterdrückte ein Kichern.

Seine starken Arme stützten sie, legten sich um ihren Oberkörper und zogen sie fest an seinen. Schade, dass die Winterkleidung alles ein bisschen zu viel polsterte, doch sie konnte immer noch das Gefühl seines starken Körpers genießen.

Sie drehte sich um und legte ihre Hände in seinen Nacken. Als sich ihre Lippen berührten, hielt sie sich fest und hob ihre Füße vom Boden, um ihr ganzes Körpergewicht gegen ihn zu werfen.

Er war wie erhofft überrascht, und sie fielen in den Schnee. Robyn versuchte wegzurutschen, als sie am Boden landeten, doch er hielt sie fest, rollte sich herum, landete oben und drückte sie herunter.

„Das war hinterhältig." Kyle starrte sie an und bewegte seine Hüften, um sie wissen zu lassen, dass sie festsaß. „Ich denke, dafür solltest du bezahlen." Er senkte den Kopf und schmiegte sich an ihren Hals, und sie spürte, wie er tief Luft holte. Seine Zunge schoss über ihre nackte Haut, und sie erschauerte, als eine Welle der Begierde durch ihren Körper rauschte, über ihre Brüste und sich wie eine tickende Zeitbombe in ihrem Innersten festsetzte.

Mann, oh Mann, dieser Typ war stark.

Mit einem letzten Kuss auf ihren Hals stand er auf und zog sie auf die Füße.

„Es wird spät, und wenn wir bei Tageslicht zurück zur Hütte wollen, sollten wir besser losmachen. Haltet euch bei der Abfahrt von der rechten Seite fern, der Schnee scheint dort instabil zu sein." Robyn nickte und schluckte schwer angesichts der zusätzlichen Feuchtigkeit in ihrem Mund. Kyle strich mit einem Finger über ihre Lippen und zwinkerte ihr zu. „In der Hütte werde ich mehr wollen."

Die drei packten ihre Sachen zusammen, und diesmal fuhr Robyn voraus, indem sie mit weiten Schwüngen die Bergflanke hinunterfuhr. Auf einem Viertel des Weges nach unten blieb sie stehen und wartete darauf, dass die anderen aufholten. Kyle blieb neben ihr stehen, TJ weiter an der Seite.

„Schöne Schwünge", sagte Kyle. „Lass mich jetzt vorfahren, diesmal will ich dich von unten beobachten." Er machte sich auf den Weg und vollführte die Ausfallbewegungen, mit denen Tourengeher im tiefen Schnee des Berghangs wendeten.

Sie bewunderte seine Fähigkeiten. Die Leute, mit denen sie und Tad in den Bergen Skifuhren, waren allesamt erstklassige Skier, und Kyle würde gut zu ihnen passen.

Sie holte ihn ein und beide drehten sich um, um TJ bei der Abfahrt zuzusehen.

Seine knallrote Jacke sah gut aus, und das war das Positivste, was sie über seine Technik sagen konnte. TJ fuhr nicht Ski, er warf seine Beine in einem wahnsinnigen

Gerangel herum, als ob er Inlineskates trug. Skistöcke flatterten in der Luft, überall flog Schnee. Robyn biss sich auf die Lippe, um nicht zu lachen.

Dann stockte ihr der Atem. Die Schneeplatte brach, und ein großer Riss bildete sich auf dem Hügel über TJs Pfad, zu weit in der Gefahrenzone und vollkommen außer Kontrolle.

Sie starrte entsetzt, als die Bergflanke hinter TJ in einer Lawine abrutschte und seine wild rudernde Gestalt rechts von ihnen den Abhang hinunterriss. Der Boden unter ihren Füßen vibrierte, doch die Schneedecke dort, wo sie standen, war fest genug.

Verzweifelt blickte sie über den sich setzenden Pulverschnee und die feinen Schneewolken hin und her, um zu versuchen, irgendeine Spur von TJ zu finden.

Doch nichts als der aufgewühlte Schnee des Berghangs war zu sehen.

6

Sein Magen überschlug sich, als die Lawine an ihnen vorbeiraste. Als das Rumpeln verstummte, hatte Kyle sein LVS herausgeholt und es auf Suchmodus umgestellt. Sie hatten nicht viel Zeit, um TJ auszugraben, doch mehr Zeit, als sie hätten, wäre er nur ein Mensch.

Solange TJ bei Bewusstsein war.

Kyle drehte sich zu Robyn um. Sie hatte ihr Gerät auch schon in der Hand. Sie war blass, und ihre Augen waren weit aufgerissen, doch sie ging jeden Schritt methodisch durch. Sorgfältig.

Er nahm ihr Gesicht in seine Hände und versicherte sich, dass sie ihn ansah.

„Du weißt, wie man es bedient?"

Sie nickte.

„Da du mich nicht hören kannst, wenn ich rufe, möchte ich, dass du mich alle fünf Schritte ansiehst, um sicherzugehen, dass du siehst, wenn ich eine Warnung gebe. Verstehst du?"

Robyn nickte, dann stapfte sie von ihm weg und zeigte den Berg hinauf.

„Ja, du gehst hoch. Wenn ich dieses Signal mache" – Kyle schlug die Fäuste zusammen und deutete mit einer Hand weg – „erwarte ich, dass du so schnell wie möglich von der Stelle wegfährst. Verstanden?"

Ihr Gesicht wurde grimmig und angespannt.

„Ich meine es ernst. Wenn du von einer weiteren Lawine erfasst wirst, kann ich nicht euch beide retten. Denk daran, TJ ist ein Werwolf. Er ist stärker als ein Mensch. Er wird es überleben. Auf geht's."

Die beiden fuhren schnell zum Rand des Lawinenfeldes und begannen mit einem Suchmuster, um TJs Position zu finden. Kyle bewegte sich vorsichtig, seine Aufmerksamkeit war zwischen der Rettung von TJ und der Notwendigkeit, Robyn zu beschützen, geteilt.

Seine Gefährtin von sich wegfahren zu lassen, in die potentielle Gefahr durch eine weitere Lawine.

Seine Sinne waren in höchster Alarmbereitschaft. Die vom Schnee reflektierte Sonne schien blendend hell. Das Knirschen ihrer Ski auf der rauen Schneeoberfläche wirkte durch den Rhythmus beruhigend. Ein paar Schritte, eine Pause, um den Monitor zu kontrollieren, ein Blick über den Hang. Ein Blick, um sich zu vergewissern, dass sie in Sicherheit war, dann dasselbe von vorn.

Das blinkende Licht auf seinem Gerät wurde stärker, und er drehte sich um, um seiner Richtung zu folgen.

Als sie das nächste Mal in seine Richtung blickte, hob er einen Arm und deutete auf sie.

Robyn warf einen Blick auf ihr LVS, hob ihren Arm und deutete bergab auf einen Pfad, der seinen kreuzte.

Sie kamen näher.

Es war ein quälend langsamer Prozess, während jeder Nerv in seinem Körper ihn zur Eile antrieb, TJ zu finden, bevor ihm die Luft ausging. Kyle nahm sich einen Moment, um zu rufen. „TJ!", schrie er in die Richtung, von der er hoffte, dass sie dort TJ finden würden, doch es kam keine Antwort.

Dann hörte er es.

Ein leises Grollen in der Ferne.

Er blickte auf, um die Hänge um sie herum zu untersuchen, und hatte Angst vor dem, was er sehen würde.

Vom Gipfel zu ihrer Linken ging ein Schneebrett ab und wirbelte eine Pulverschneewolke auf. Schnell schätzte er den Winkel der neuen Lawine ab, ob sie ihren Hang erreichen und eine weitere Lawine über ihnen auslösen könnte.

Doch der Hang fiel nicht in ihre Richtung ab, und er atmete erleichtert auf, als der lose Schnee hinter einen fernen Bergrücken glitt, außer Sichtweite und ohne eine Gefahr für sie darzustellen.

Er blickte auf und sah, dass Robyn aufmerksam nach seinem Signal Ausschau hielt. Fliehen oder weiter?

Er zeigte geradeaus. Sie nickte und vertraute seinem Urteil, als sie ihre energischen Bewegungen wieder aufnahm.

Ihr rauer Schrei wenige Augenblicke später ließ sein Herz pochen. Er blickte auf und sah, wie sie ihren Skistock als Tiefensonde benutzte. Sie stach ihn in den Schnee, um nach einem Lufteinschluss oder einem begrabenen Skifahrer zu suchen. Er kämpfte sich auf ihre Höhe, riss seine Schaufel heraus und machte sich bereit zu graben.

„TJ, kannst du uns hören?", schrie Kyle.

Ein willkommenes Heulen drang durch den Schnee.

Er stieß ein Dankgebet aus, während er schaufelte und Robyn an seiner Seite arbeitete. Sie gruben von oben in den Hang und vertrauten darauf, dass sie nicht weit graben mussten.

Es schien eine Ewigkeit zu dauern, bis er warnend eine Hand hob.

„Ich will ihn nicht verletzen. Lass mich graben, du halte Ausschau nach weiteren Abgängen."

Kyle grub schneller und hörte TJs Heulen deutlicher.

„Bleib von der Schaufel zurück, wenn du Platz hast!", rief er, während er mit rasendem Tempo schwang. Es waren nur noch ein paar Stiche mehr, bevor er in den menschengroßen Lufteinschluss einbrach, in dem TJ in seiner kleineren Wolfsgestalt kauerte.

Sein Bruder kletterte aus dem Loch und schmiegte sich in Wolfsgestalt dankbar an ihre Beine.

TJ saß vor dem Feuer in der Hütte und trank aus einer dampfenden Tasse heißer Schokolade. Er war den ganzen Weg bis zur Hütte als Wolf neben ihnen hergelaufen, da seine Skiausrüstung irgendwo unter dem Schnee vergraben war.

„Ich verstehe es immer noch nicht. Welchen Teil von ‚Halt dich von der rechten Seite fern, der Schnee dort ist instabil' hast du nicht verstanden?", beschwerte sich Kyle und legte TJ eine weitere Decke um die Schultern.

„Es reicht. Ich hab' doch schon gesagt, es tut mir leid. Ich habe links und rechts verwechselt. Es ist ja niemand zu Schaden gekommen, nachdem Robyn mich gezwungen hat, das Ding zu tragen. Ihr habt mich gefunden, mir geht's gut."

„TJ, das ist der dritte Satz Ski, den du dieses Jahr verloren hast!"

Das Poltern von Feuerholz, das auf den Boden fiel, ließ sie beide aufblicken. Sie bewegte eine Hand mit drei erhobenen Fingern, einen fassungslosen Ausdruck auf dem Gesicht.

„Ja", sagte Kyle, „das ist das dritte Mal, dass Mr. Desaster diesen Winter verschüttet wurde. Sein Rekord liegt bei sechsmal in einer Saison. Ich denke darüber nach, ihm einen permanenten Tracer implantieren zu lassen ..."

„Ähm, Kyle, warum starrt sie mich so an?"

Kyle blickte auf. Er hätte schwören können, dass er Dampf aus ihren Ohren strömen sah, kurz bevor sie durch den Raum sprang, TJ an der Kehle packte und ihn schüttelte.

Hart.

„Wow, langsam." Er griff um sie herum, ergriff sanft ihre Unterarme und löste sie von TJs Hals. Er redete beruhigend auf sie ein, obwohl er wusste, dass sie ihn nicht hören konnte, und schob sie unter sein Kinn, während ihr Körper zitterte. „Ich vermute, sie ist ein bisschen geschockt, dass wir dich retten mussten, TJ. Und dann zu erfahren, dass das typisch für dich ist, könnte mehr sein, als sie heute zusätzlich zu allem anderen gebraucht hat."

TJ hatte den Anstand, betreten dreinzublicken. Er schlurfte hinüber und kniete sich vor sie, damit er zu ihr aufblickten konnte. „Tut mir leid, dass ich dich erschreckt habe. Ich denke manchmal nicht. Ich werde es nicht wieder tun."

„Ha!" Kyle schnaubte. „Versprich nichts, was du nicht halten kannst, kleiner Bruder. Die Sauna sollte jetzt heiß genug sein. Geh dich weiter aufwärmen. Robyn und ich müssen unter vier Augen reden."

TJ warf ihr einen weiteren besorgten Blick zu, bevor er seine Kleider nahm und zur Tür hinausging.

Kyle ließ sich auf dem Stuhl am Feuer nieder und hielt Robyn immer noch fest, während sie schweigend beieinander saßen. Sie in seinen Armen zu haben fühlte sich wunderbar an. Sie war klein genug, um sie zu halten, aber stark genug, um schnell und furchtlos zu reagieren, als sie mit dem Notfall am Berghang konfrontiert worden war.

Sie würde eine fabelhafte Gefährtin für ihn sein.

Und sie roch auch wunderbar. Er holte tief Luft und kämpfte gegen den Drang an, sie auf das Schlafpodest zu werfen und ihr die Kleider vom Leib zu reißen.

Sie ließ ihre Finger nach oben wandern und strich über die Kante seines Kiefers. Kyle schloss die Augen, um das Prickeln in seinem Blut zu genießen. Sie wackelte mit dem Po auf seinem Schoß, und er blickte zu ihr hinunter, um zu sehen, dass sie zitterte und Tränen über ihre Wangen liefen.

„Hey, es ist okay." Er neigte ihren Kopf zurück, um sie zu beruhigen, und hielt angesichts des Ausdrucks auf ihrem Gesicht inne.

Pure Freude.

„Was ist los, kleiner Vogel?"

Robyn wischte sich über die Augen, kletterte von seinem Schoß und hielt nur inne, um ihm einen Kuss auf die Wange zu geben. Sie kehrte mit ihrem Notizblock an seine Seite zurück und zog einen weiteren Stuhl heran, damit sie sich ansehen und trotzdem beide immer noch die Wärme des Feuers genießen konnten.

Es mag verrückt erscheinen, aber ich bin gerade so glücklich, schrieb sie.

„Glücklich? Meinen debilen Bruder retten zu müssen, macht dich glücklich? Ihn sich einmal selbst ausgraben zu lassen, würde *mich* in Ekstase versetzen."

Ihr Lachen brachte ihn zum Lächeln.

„Sag mir, wie kann es dich glücklich machen, dass deine ganze Welt gerade auf den Kopf gestellt wurde?"

Robyn starrte ihn einen Moment lang an, dann neigte sie den Kopf, um zu schreiben. Als sie ihm den Notizblock reichte, gebärdete sie etwas, das aussah, als würde sie aus einem Glas trinken.

Er drehte sich um, um ihre Nachricht zu lesen, während sie zum Wassereimer ging.

Mein ganzes Leben lang war ich anders. Unangenehm anders. Es ist schwer, mit neuen Leuten darüber zu reden. Meine einzigen Freunde sind mein Bruder und alte Freunde der Familie.

Aber du akzeptierst mich sofort. Du vertraust mir sofort. Dein Bruder benimmt sich sofort wie ein Idiot! Ihr verstellt euch nicht bei mir.

Das macht mich sehr glücklich.

Kyle hob den Kopf und sah, dass sie ihn mit ihren großen braunen Augen und einem sanften Lächeln auf den Lippen beobachtete.

„Du warst anders. Weil du ein Wolf sein solltest. Du solltest in der Nähe deines Rudels sein, das dich lieben und unterstützen würde. Das hat dir gefehlt." Er nahm das Glas, das sie hielt, und stellte es vorsichtig beiseite, bevor er sie wieder in seine Arme zog.

„Ich werde dich nicht drängen, und du hast wahrscheinlich noch eine Menge Fragen, aber du musst wissen, dass ich alles für dich tun werde. Die Verbindung zwischen uns wird immer stärker, und ich bin froh, dass ich dich gefunden habe." Er beugte sich hinunter und küsste sie.

Zärtlich. Sanft. Ein Kuss von exquisiter Zärtlichkeit. Er

legte sein Herz hinein und versuchte, ihr ohne Worte zu sagen, dass sie sich keine Sorgen seinetwegen ihm machen musste und dass am Ende alles gut werden würde.

„Wie kann ich mich mit jemandem verbunden fühlen, den ich gerade erst kennengelernt habe?"

Kyle erstarrte.

Er hatte ihre Stimme in seinem Kopf gehört.

Er lehnte sich zurück und starrte ihr in die Augen. Er war davon ausgegangen, dass es passieren würde, doch nicht so schnell. Sie hatten sich noch nicht einmal gepaart. Ihr Wolf war noch nicht einmal getriggert worden.

Es war unmöglich.

„Wie hast du das gemacht?", fragte er.

Ihr Gesichtsausdruck war verwirrt, und er versuchte zu lächeln. Es schien nicht funktioniert zu haben, da sie sich von ihm löste.

„Warte, versuch was für mich. Sag mir deine Lieblingsfarbe."

Nachdem sie ihm einen „hast du sie noch alle"-Blick zugeworfen hatte, den er sehr gut verstanden hatte, griff sie nach dem Notizblock.

„Nein, nicht schreiben. Versuch, es mir in meinem Kopf zu sagen."

Robyn starrte ihn an. *„Jetzt redet er wieder verrücktes Zeug. Ich habe keine Lieblingsfarbe, die ich ihm sagen könnte."*

„Jeder hat eine Lieblingsfarbe, Robyn."

Ihr Gesicht wurde blass. *„Hast du mich gehört?"*

Kyle streichelte ihre Wange und versuchte, ihr im Geist zu antworten *„Ja, das passt gut zu dem verrückten Zeug, das ich rede."*

Sie kletterte eilig von seinem Schoß, stolperte zurück und fiel auf den Po.

„Heilige Scheiße! Du kannst mich hören. Ich kann Dich hören! Wie ist das möglich?" Sie ging auf die Knie und packte seine Beine. Dann zog sie sich hoch, bis sie auf Augenhöhe waren. *„Sag noch was zu mir."*

„Du bist das Schönste, was ich je gesehen habe."

Sie schnaubte. *„Was Intelligentes."*

Stattdessen stürzte er sich auf sie, verteilte Küsse auf ihren Lippen und ihren Hals hinunter, um sein Gesicht an ihrer Schulter zu vergraben. *„Du bist schön, und du riechst wie eine Frühlingswiese. Deine Haut fühlt sich frisch und rein an, wie der Wind, der über den Gletscher weht. Du schmeckst wie ein frisch gefangener Fisch mit einem guten Glas Wein."*

„Du Poet, du. Du machst mich hungrig."

Kyle hob den Kopf und starrte ihr in die Augen. *„Du machst mich auch hungrig, und ich habe vor, etwas dagegen zu unternehmen. Ich wollte warten, aber ..."*

Ihre Finger gruben sich in die Haare in seinem Nacken. *„Das ist verrückt. Mein Körper fühlt sich an, als würde ich brennen. Wie kann ich dich hören? Du hast heute Morgen gesagt, dass Gefährten manchmal so kommunizieren können, aber wir sind keine Gefährten. Ich meine, müssten wir dazu nicht zuerst Sex haben?"*

„Normalerweise schon. Das Einzige, was mir als Begründung einfällt, ist der Adrenalinschub der Lawine, der dich vielleicht getriggert und uns verbunden hat. Krisensituation und so weiter. Du bist ein außergewöhnlich starker Wolf, und ich auch. Nicht, dass ich prahlen will oder sowas."

Robyn zwinkerte ihm zu. Er grinste, als er aufstand, sie hochhob und einen Schritt auf die Schlafplattform zuging. Er blieb stehen und sah sich im Raum um. Kopfschüttelnd drehte er sich wieder um, denn sein Verlangen nach ihr wuchs.

„*Verdammt, ich will dich. Aber nicht hier. Pack deine Sachen.*"

„*Wir schlafen miteinander? Jetzt?*"

Sie dachte so angestrengt nach, dass er das Echo ihrer Sorge vom Berghang widerhallen hörte. „*Jetzt. Und wenn das bedeutet, dass wir deinen Wolf nicht nur triggern, sondern dich gleichzeitig schwängern, haben wir zwei Gründe zu feiern. Du bist meine Gefährtin. Das bedeutet eine Menge tollen Sex und eine Familie obendrein. Wann immer es passiert, früher oder später. Hast du irgendwelche Probleme damit?*"

Ihr schüchternes Kopfschütteln trieb ihn beinahe in den Wahnsinn.

7
____

Robyn rutschte unbehaglich auf der Bank im Nebengebäude vor der Sauna herum. Kyle war mit TJ in die Hütte zurückgegangen und hatte ihr die Anweisungen gegeben, sich zu entspannen und auf ihn zu warten, während er ein paar Sachen holte.

Sie warf ein paar zusätzliche Holzscheite in den Ofen, füllte Schnee in die Eimer und setzte sich, um zu warten.

Es war verdammt seltsam, dazusitzen und zu wissen, dass jeden Moment ein Werwolf durch die Tür kommen und Sex mit ihr haben würde.

Arghhh. Schon der Gedanke ließ sie schaudern. Was zum Teufel tat sie? Das war verrückt. Mehr als verrückt.

Die Tür öffnete sich, und sie sprang auf. Sexuelle Hitze strömte von seinem Körper und streichelte sie.

Okay. Sie erinnerte sich, warum sie das tun würde. Jeder Zentimeter von ihr brannte, und sie wurde von dem großen, harten Mann angezogen, als gäbe es Seile, die sich um ihre Gliedmaßen schlangen und sie festhielten.

Kyle legte neben ihr eine Decke auf die Bank und sah ihr in die Augen, bevor er ihr Kinn mit seiner Hand anhob.

„Hey, es ist okay. Wir werden das langsam angehen."

Robyn senkte den Blick und errötete heftig, als sie in seine Gedanken sprach. „Ich hab' Angst."

„Vor mir?"

„Irgendwie schon."

Seine zärtliche Hand strich über ihr Ohr und schmiegte sich in die Haare in ihrem Nacken. „Ich will dir keine Angst machen. Ich will dich lieben."

Sie hob ihren Blick zu seinem. *„Ich weiß nicht, was ich tun soll. Ich meine, ich weiß, was zu tun ist, aber ich habe noch nie ..."*

Kyle wackelte mit den Augenbrauen, und seine Augen leuchteten auf. *„Ich weiß, dass du das noch nie getan hast. Ich bin froh, dass dem so ist. Es ist gut, dass du es noch nie getan hast. Denn so muss ich nicht deine alten Liebhaber aufspüren, um sie zu töten."*

„Könnte es sein, dass du ein bisschen besitzergreifend bist?"

„Du hast ja keine Ahnung. Noch nicht." Er beugte sich zu ihr vor, um mit seinen Lippen über ihre zu streichen. *„Warte, bis du ein Wolf bist. Ich wette, du wirst mir gegenüber genauso besitzergreifend sein. Wölfe paaren sich fürs Leben, und wir teilen nicht gerne."*

Robyn verlagerte ihr Gewicht auf der harten Bank. Wie konnte sie so viel wollen und trotzdem Angst haben, den nächsten Schritt zu tun?

Sie schloss die Augen und holte tief Luft, während sie versuchte, ihren Mut zusammenzukratzen.

Mit einer sanften Berührung zog er sie auf die Füße. *„Du denkst zu viel nach. Lass uns langsam machen. Du musst von unserem Ausflug und der Suche nach TJ verschwitzt sein. Lass mich dir beim Waschen helfen."*

Seine Hände glitten über ihre Schultern und drückten

sie für eine kurze Liebkosung an seinen Körper, während er hinter sie griff, um den Saum ihres langärmligen T-Shirts zu ergreifen. Mit einer langsamen, fließenden Bewegung zog er es ihr aus und ließ es dann auf die Bank hinter ihnen fallen.

Als seine Augen über ihren Oberkörper glitten, kämpfte Robyn gegen den Drang an, ihre Brust mit den Händen zu bedecken. Ugh. Sie musste sich in ihrer schlichtesten und praktischsten Unterwäsche in einer Berghütte verführen lassen.

Glücklicherweise äußerte er keinen Unmut über das, was er sah.

Und sie konnte sich auch nicht beklagen. Kyle zog mit einem schnellen Ruck sein Shirt aus und stand Zentimeter von ihr entfernt, während sein steinharter Bauch ihre Finger lockte.

„Wow. Einfach ... wow. Ist es das, was die Leute meinen, wenn sie von einem mit Waschbrettbauch reden? Darf ich meine Wäsche darauf waschen?"

Er schmunzelte und zog sie an sich. Das Ausziehen des engen Sport-BHs verlief nicht ganz so reibungslos. Während er ihn ihr auszog, blieb seine Hand in den gekreuzten Trägern auf ihrem Rücken stecken, und sie erstarrte, ihre Arme über dem Kopf, während der BH sie an seinen Unterarm fesselte. Hitze stieg ihr ins Gesicht.

„Interessantes Kleidungsstück, aber mach dir keine Sorgen. Das gibt uns einige sehr reizvolle Möglichkeiten." Er senkte seinen Kopf, um seine Lippen an ihren Hals zu pressen. Er hauchte ihr sanfte Küsse über die Spitzen ihrer entblößten Brüste und jagte einen Schauer durch sie hindurch, als er ihre Arme über ihren Kopf zog.

Seine Berührung war zärtlich, doch die gerade so gezügelte Kraft war da, unter der Oberfläche. Seine Zunge glitt über ihr Dekolleté, dann knabberte er wieder die heiße Spur hinauf, bis zu ihren Lippen.

Als er seine Hand aus ihrem BH befreite, senkte sie langsam die Arme, doch sein heißer Blick verließ keine Sekunde ihren Körper.

„Zieh den Rest aus, und ich mache die Dusche fertig."

Er wirbelte schnell herum, und Robyn fragte sich, was sie falsch gemacht hatte. „Kyle?"

Er antwortete, während seine starken Arme heißes Wasser in den Tank über der Dusche gossen. „Ich muss mich ein bisschen abkühlen. Du bist so schön, und weil du meine Gefährtin bist, will ich dich wirklich, wirklich. Ich versuche nur, langsam zu machen."

Nachdem er das Wasser vorbereitet hatte, schob er sie sanft in die Dusche und drehte sie, bis sie von Kopf bis Fuß nass war. Mit einer Handbewegung stellte er das Wasser ab und nahm den Waschlappen und die Seife.

Beginnend an ihrem Nacken rieb er kleine Kreise über ihre Haut, angefangen bei ihren Schulterblättern, und glitt ihre Wirbelsäule hinunter, bis seine Hände auf beiden Pobacken liegenblieben.

Robyn lehnte ihre Stirn gegen die Wand der Duschkabine und verschloss den Geist vor allem außer den wunderbaren Empfindungen, die bei seiner Berührung über ihre Haut prickelten. Die Hitze der Sauna erwärmte den Raum, in dem sie sich befanden, so weit, dass sie sich wohlfühlte, auch wenn sie nass war.

Sein Mund senkte sich auf ihren Hals, und er leckte verirrte Wassertropfen, die sich dort sammelten. Ihr Innerstes verkrampfte sich, und sie wurde feucht, als jede Berührung seiner Zunge Nervenkitzel durch sie jagte, und Verlangen stieg tief in ihr auf.

Seine Berührungen wanderten tiefer, als Kyle hinter ihr

in die Hocke ging und seine Hände über ein Bein streichelten.

Die kreisenden Bewegungen machten sie verrückt, als er sie neckte, sich näher an den Kern ihrer Hitze heran bewegte und sich zurückzog, ohne sie zu befriedigen.

„Dreh dich um, meine Schöne."

Seine Stimme in ihrem Kopf war tief und dunkel wie reichhaltige Schokolade. Robyn liebte Schokolade, und seine Stimme ließ das Prickeln rasen.

Sie drehte sich zu ihm um, während er weiter vor der Duschkabine kniete. Sie blickte hinunter, schockiert von dem mächtigen Ausdruck des Verlangens, dem sie begegnete.

Er atmete zitternd ein, tauchte seinen Waschlappen in das warme Wasser im Eimer neben sich, und die Qual begann von Neuem.

Nur jetzt konnte sie seine Berührung genauso beobachten wie spüren. Er ließ seinen Blick über sie schweifen, während er ihr sorgfältig die Füße wusch, bevor er sich ihre Beine hinaufarbeitete. Sie streichelte seinen Kopf und genoss das erotische Gefühl seiner Haare unter ihren Fingern.

Spontan beugte sie sich vornüber, löste seinen Zopfgummi und strich mit den Fingern durch sein Haar, um die dunklen Strähnen in einem Schwall aus dunkler Seide über seine Schultern fließen zu lassen.

Seine Aufmerksamkeit hatte die Höhe ihrer Pussy erreicht, und sie holte scharf Luft, als er seine Lippen leckte und ihr einen Blick zuwarf, der heiß genug war, um sie zum Schmelzen zu bringen. Das Tuch tauchte ein, und diesmal hob Kyle es immer noch tropfend an, um sanft ihre Falten zu berühren. Das warme Wasser lief über ihre Haut, glitt in die vor seinen Augen verborgenen Ritzen, nur um die Reise in langsamen Rinnsalen ihre Beine hinunter fortzusetzen.

Er ließ den Lappen fallen und benutzte beide Hände, um sie seinem Blick zu öffnen. Robyn erschauerte angesichts der intimen Berührung. Sie schloss die Augen, nur um sie wieder aufzureißen, als sie spürte, wie seine Zunge gegen die kleine Noppe stieß, die er freigelegt hatte. *„Oh."*

Sein Mund senkte sich auf sie, seine Zunge glitt sanft an den Seiten ihrer Scham auf und ab und umkreiste bei jedem Durchgang sanft ihre Klitoris.

Während er sie mit einer Hand offenhielt, wanderten die Finger der anderen tiefer. Er erkundete ihre Pussy und zeichnete Kreise in der Feuchtigkeit, die er fand.

„Oh Babe, du bist so verdammt schön. Du hast vielleicht noch nie Liebe gemacht, aber dein Körper weiß, was zu tun ist. Spürst du, wie nass du bist? Das ist dein Körper, der dich auf mich vorbereitet. Du bist feucht und heiß und ..." Seine Zunge senkte sich tiefer, um in sie zu stoßen, *„... und so köstlich süß."*

Robyn war sich sicher, dass sie sich nicht viel länger auf den Beinen halten könnte. Sie zitterte, als er sich weiter auf ihre Pussy konzentrierte. Kyle nahm eines ihrer Beine und schob es über seine Schulter, um sie noch mehr für seine Berührung zu öffnen.

Er drückte gegen ihren Oberkörper, bis sie an der Duschwand lehnte, dann verlagerte er seine Hände, um ihre Hüften zu stützen.

Mit dieser einen Bewegung war sie in seinem Griff, voll und ganz seiner Gnade ausgeliefert. Sein Mund bewegte sich schneller, er leckte und liebkoste jeden Zentimeter ihrer Pussy, sein heißer Atem badete sie. Die Spannung in ihr wuchs, näher und näher an der Explosion, als eine

Hand wieder nach unten wanderte und er einen Finger in ihre Öffnung schob und hinein und hinaus streichelte.

„Fühlt sich das gut an? Ich will, dass du das genießt."

Robyn versuchte, ihren Verstand genug in den Griff zu bekommen, um zu antworten, doch es war unmöglich. Sie war eine Pfütze warmer Lust, und wenn er nicht aufpasste, würde sie den Abfluss fließen. Das Prickeln war durch winzige elektrische Schläge ersetzt worden, die ein kleines Dorf mit Strom versorgen könnten, und sie keuchte so stark, dass sie Gefahr lief, zu hyperventilieren.

Ein zweiter Finger folgte dem ersten, und das Gefühl der Fülle, das von der exquisiten Folter an ihrer Klitoris begleitet wurde, stieß sie mit einer Explosion über eine Klippe, die sie von ihrem Standbein riss. Nur von seinen Händen und der Wand hinter ihr gestützt, kontrahierte ihr Körper hart um seine Finger, Feuchtigkeit floss über ihn, während seine Zunge sie weiter liebkoste.

„Hmm, du musst nicht antworten. Ich weiß, dass dir das gefallen hat. Du bist köstlich." Er küsste eine Spur bis zu ihrem Bauchnabel und stellte sie dann auf die Füße.

Seine zärtliche Berührung stützte sie, bis sie wieder sicher stehen konnte. Er drehte den Wasserhahn auf, und das warme Wasser der Dusche floss über ihre Haut.

Zärtliche, liebevolle Liebkosungen über ihren Rücken spülten die Seife weg, die er zuvor benutzt hatte.

Als das Wasser aufhörte, öffnete Robyn die Augen, um ihm direkt ins Gesicht zu starren.

Hitze und tiefe Sehnsucht strahlten sie an.

Kyle legte seine Arme um sie, hob sie hoch, trug sie in die Sauna und ließ die Tür hinter sich offen. Er setzte sich auf die breiteste Bank und zog sie rittlings auf seinen Schoß.

Auf Küsse wie bei einer Massenkarambolage mit zehn Autos folgten seine Hände, die zärtlich und anerkennend über ihre Brüste streichelten. Ihr Kopf fiel ihr in den Nacken, als er eine Brust hielt und seinen Mund auf die andere senkte und an ihrem sehnsüchtigen Nippel leckte und saugte, bis er zu einer Spitze hart wurde.

Dann wandte er seine Aufmerksamkeit der anderen Seite zu, jedes Saugen seines Mundes jagte eine weitere Welle des Verlangens von ihrer Brustwarze zu ihrem Innersten, neue Spannung baute sich auf, als ihr Verlangen nach ihm stärker wurde.

Er roch so gut und fühlte sich noch besser an.

Sie ließ ihre Finger über seine Schultern und seinen Oberkörper gleiten, während er ihre Brüste liebte. Sie strich mit ihren Fingern durch sein Haar und spürte, wie die Verbindung zwischen ihnen enger und konzentrierter wurde. Ranken von Gefühlen, nicht nur Verlangen, sondern Zuneigung und Freundschaft, wuchsen um sie herum.

Es war mehr als Sex. Sie machten definitiv Liebe.

Robyn hob den Kopf, um ihn anzustarren. Er lehnte sich zurück an die Wand. Seine Augen waren voller roher Emotionen.

Es war alles zu erstaunlich. Fast überwältigend. *„Hast du das gespürt? Das war ... Wow."*

„Ja, und du hast recht. Wow. Du bist dran. Jetzt musst du mich berühren."

Er nahm ihre Hand und führte sie dorthin, wo sein Schwanz starr zwischen ihren Körpern in die Höhe ragte. Er war so hart, dass die geschwollene Kuppe seinen Bauch berührte, ein Tropfen Feuchtigkeit auf dem kleinen Schlitz.

Sie liebkoste ihn sanft, Samt über Stahl.

Seine Augen schlossen sich, und ein Schauer lief durch seinen Körper.

Robyn schluckte schwer. Sie benutzte beide Hände, um

ihn zu erkunden, und versuchte, nicht in Panik zu geraten, weil er so groß war. *„Ähm, Kyle? Ich glaube, ich habe wieder Angst. Dieses Ding passt unmöglich in mich. Gott. Ich habe das schon früher in Geschichten gelesen, und es hat sich dumm angehört, aber im Ernst, du bist ausgestattet wie ein Hengst."*

Gelächter ließ seinen Körper erzittern. *„Und in all den Geschichten, die du gelesen hast, hat das ‚Ding' gepasst?"*

„Ja aber –"

„Kein aber. Nicht heute." Seine starken Hände versetzten ihr einen sanften Klaps auf den Po. *„Das heben wir uns für ein andermal auf."*

„Jetzt machst du mir wirklich Angst!"

Er legte sich auf die Bank und zog sie wieder rittlings auf seinen Körper. Sein Schwanz drückte hart gegen ihre Pobacken. Seine Hände strichen weiter über sie, wanderten und glitten über ihren Rücken, ihre Brüste, ihren Bauch.

Jede Berührung ließ ihre Temperatur ansteigen, bis ihr Körper zu zittern begann.

Er berührte ihre Klitoris und massierte kleine Kreise entlang der nassen Lippen ihrer Pussy, bis er sie über die Klippe in einen weiteren Orgasmus stieß.

Als ihr Atem halbwegs wieder normal war, hob Kyle ihre Hüften und stützte sie über der Kuppe seines Schwanzes an.

Sie verlagerte ihr Gewicht auf ihre Knie, und er benutzte eine Hand, um die nasse Spitze seines Schafts immer wieder gegen ihre Schamlippen zu reiben.

„Reite mich und mach so langsam, wie es dir gefällt."

Sie legte ihre Hand auf seine, als er seinen Schwanz vor ihrer heißen Öffnung ausrichtete. Sie sah ihm ins Gesicht, bevor sie sich bewegte. Zärtlichkeit spiegelte sich in seinen Augen wider, zusammen mit Sehnsucht und Verlangen.

Sie drückte nach unten und erstarrte sofort, als die Kuppe seines Schafts sie weit dehnte. Ihre Wände waren nass, und die Erregung ließ alles um sie herum verschwimmen.

„Ich ... denke, es fühlt sich gut an."

„Ein bisschen mehr, Baby. Ich verspreche, es wird sich großartig anfühlen."

Sie bewegten sich kaum, eher nach vorn und hinten als nach oben und unten, aber jeder winzige Impuls ihrer Hüften nährte das Feuer, das in ihrem Bauch aufloderte, bis sie sich auf und ab bewegte anstatt vor und zurück.

Sein Schwanz glitt tiefer, und ein Schmerz schoss durch den Schleier der Begierde, und sie zögerte.

„Kyle?"

„Beug' dich vor, und lass mich für einen Moment deine schönen Lippen haben."

Sein Mund traf auf ihren, ihre Zungen tanzten miteinander und ließen ihn die Kontrolle über ihre Hüften zurückerlangen, während er sich weiter an ihr rieb.

Dann leckte er von ihrem Mundwinkel bis zu ihrem Hals hinunter, und ihr Verstand schaltete ab. Er saugte an ihrer Haut und kratzte dann seine Zähne über sie.

Ein kurzer, harter Stoß mit seinen Hüften trieb ihn durch ihre Barriere, um tief in ihr innezuhalten. Gleichzeitig biss er in ihren Hals, und die Kombination aus Lust und Schmerz der beiden Durchdringungen schoss durch ihren Körper. Ihre inneren Wände klammerten sich an seinen Schwanz, ihre Hände gruben sich in sein Haar.

„Guter Gott, was hast du mit mir gemacht?"

Er zog ihren Oberkörper an seinen und hielt sie fest, während er wartete, bis sie sich an seinen Umfang gewöhnte, der sie dehnte.

Das Gefühl seines harten Körpers unter ihren Händen,

das Pochen seines Herzens, gemischt mit der Lust, die immer noch durch sie prickelte, spülte die Überreste des Schmerzes fort.

Langsam begann er sich zu bewegen, zog ihre Hüften hoch genug, dass seine Eichel an ihrem Eingang blieb, und ließ sich dann wieder ganz hinunter, um so tief wie möglich einzudringen.

Robyn richtete ihren Körper auf, damit sie zusehen konnte, eine Hand an seine Brust gepresst, eine Hand dort, wo sie miteinander verbunden waren.

Die Intimität, seinen Schwanz zu berühren, ihn durch ihre Finger streichen zu lassen, während er in ihren Körper glitt, ließ ihren Kopf vor Freude schwirren.

Kyle lächelte sie an und legte seine Hand auf ihre, verflocht die Fingerspitzen und rieb ihre Klitoris mit jeder Bewegung seiner Hüften.

Sie kam seinen Stößen entgegen, wollte, dass er schneller wurde, tiefer stieß. Die Luft der Sauna um sie herum schien abzukühlen, als sich ihre Körper zum Siedepunkt erwärmten, die Leidenschaft wuchs und wuchs, bis sie wieder zum Höhepunkt kam und sich ihre Wände fest um seinen Schwanz schlossen, als er ihr folgte und die Wärme seines Samens sie tief in ihr in Feuer badete.

ER KLAMMERTE sich an sie und hielt sie fest, bis das Zittern nachließ.

Mit verschlungenen Gliedmaßen, Robyns Kopf auf seiner Brust, spürte Kyle, wie sich die Ranken der Verbindung vervollständigten und sich in seiner Seele niederließen.

Seine Gefährtin.

Er strich mit einer Hand über ihr Haar und schob die Strähnen aus ihrem Gesicht, um sie anzusehen. Ihre leuchtenden Augen waren erfüllt von einem Hauch von Verwirrung und einer ganzen Menge Zufriedenheit.

Ihre sinnlichen Lippen waren feucht von seinen Küssen, und er bemerkte, wie er wieder hart wurde bei dem Gedanken, sich vorzubeugen, um ihren Mund zu liebkosen.

Noch nicht, schalt er sich streng. *„Wie fühlst du dich?"*

„Das war ... na ja, ehrlich gesagt war das Wahnsinn. Wenn ich gewusst hätte, dass es so viel Spaß machen würde, hätte ich es früher versucht." Ein Stirnrunzeln huschte über ihr Gesicht. *„Kyle? Knurrst du mich an? Ich kann die Vibrationen spüren."*

Er unterdrückte die Wut, die bei dem Gedanken, dass jemand sie berühren könnte, in ihm aufgebrandet war.

„Tut mir leid, Liebes, jetzt hab ich's unter Kontrolle. Wie wäre es, wenn wir es gleich noch einmal machen, wenn es dir so gut gefallen hat? Oder ein paar andere Dinge ausprobieren?"

„Gern. Aber was sollen wir mit TJ machen? Er sitzt ganz allein in der Hütte."

Er hob sie hoch und trug sie zurück zur Dusche, wobei er die Nachwirkungen ihres Liebesspiels von ihren Gliedmaßen spülte. Er konnte nicht widerstehen, ihre Pussy wieder zu streicheln und ihre Feuer neu anzufachen.

„TJ ist nicht mehr in der Hütte. Ich habe ihm gesagt, er soll nach Hause gehen. Er kann vielleicht nicht allein Ski fahren, aber da der dumme Junge in der Lawine seine gesamte Ausrüstung verloren hat, muss er sowieso als Wolf nach Hause laufen. Wir treffen ihn in Haines Junction in der Wohnung, die dem Rudel gehört. Die Hütte gehört ganz uns. Willkommen in unserer Honeymoon-Suite."

Robyn berührte seine Wange und zog ihn mit sich in die Duschkabine. Sie hob den Lappen auf, um seine Brust zu waschen, und als sie um seinen Bauchnabel herunter zu seiner Scham strich, wurden seine Gedanken zu Brei.

„Das ist die beste Nachricht, die ich seit Langem gehört habe. Kyle?"

Er hatte seine Augen geschlossen, als ihre Finger über seinen Schaft strichen und eine Hand innehielt, um sich um seine Hoden zu schließen, während die andere auf und ab glitt über die empfindliche Haut bis zur Kuppe und zurück.

„Ja?"

„Er hat gepasst. Es hat perfekt gepasst."

8

Kyle schaffte es, einen Arm um ihren Oberkörper zu lassen, selbst als er die restlichen Nudeln aus dem Kochtopf schöpfe.

Er schien nie weit weg zu sein. Er berührte sie ständig. In den vergangenen drei Tagen hatten sie sich in der Sauna und in der Hütte geliebt und sogar im Mondlicht auf der Veranda herumgetollt.

Eines Nachts hatte er ein Stück Käsekuchen von ihrem Bauch gegessen und dann jeden Zentimeter von ihr gründlich abgeleckt, bevor er ihren zitternden Körper in das Nebengebäude gebracht hatte, um dort weiterzumachen.

Wenn sie sich nicht liebten, fuhren sie Ski, bauten eine Schneefestung und redeten stundenlang über Gott und die Welt.

Robyn konnte sich nicht entscheiden, ob sie Reden oder Liebemachen bevorzugte. Mit Kyle zusammen zu sein war unglaublich. Diese Gefährten-Sache hatte definitiv Vorteile.

„Es ist erst Dienstag, aber ich denke, wir sollten morgen

Ski fahren, wie TJ und ich es geplant hatten. Bis Samstag haben wir noch viel zu tun."

Sie nickte zögernd.

„Was, kleiner Vogel?"

Sie presste ihre Lippen an seine Wange. *„Ich will noch nicht nach Hause. Das ist die kürzeste Hochzeitsreise aller Zeiten."*

„Oh, die Flitterwochen sind noch nicht vorbei, Sweetie. Den Rest müssen wir aufschieben bis nachdem ..." Er brach ab, sein Körper spannte sich neben ihrem an.

Robyn stand auf, um das Geschirr abzuräumen, und kämpfte darum, die Tränen zurückzuhalten.

Der Kampf um die Führung des Rudels. Sie wusste nach ihren Unterhaltungen, dass es passieren musste, doch sie war noch nicht bereit, ihn zu teilen. Mit irgendjemandem.

Er drehte sie zu sich herum und sprach in ihre Gedanken, eine sanfte Liebkosung der Liebe begleitete die Worte.

„Ich hätte dich sonst nicht so zu meiner Gefährtin gemacht und dir die Veränderungen so schnell aufgezwungen. Aber wir haben einander gebraucht. Ich brauche dich. Ich werde mich nicht dafür entschuldigen, dass ich dich gefunden habe und dich liebe."

Ihr Herz hämmerte angesichts seiner Liebeserklärung. *„Oh Kyle."*

„Du wirst am Samstag deinen ersten Vollmond als Wolf erleben, und der Kampf ist erst am Sonntag. Komm mit mir nach Haines. Ich stelle dir die Rudelmitglieder vor, die mich unterstützen. Ich werde den Kampf gewinnen. Besonders jetzt, wo ich dich habe. Vertrau mir."

„Ich vertraue dir, aber ich kann nicht nach Haines gehen. Ich soll heute meinen Bruder anrufen, weil er mich

am Samstag am Ausgangspunkt treffen will. Ich muss ihm sagen, wenn es irgendwelche Änderungen gibt, und das wird schwer zu erklären sein. Meine Güte."

Er sah eine Minute lang verwirrt aus. „Du hast gesagt, du hast ein Satellitentelefon. Wie willst du es verwenden? Du kannst nicht hören."

„Textnachrichten."

„Auf einem Satellitentelefon?"

„Ist Technologie nicht großartig?"

„Ich will lieber nicht wissen, was das pro Nachricht kostet. Kann ich für dich mit deinem Bruder sprechen?"

Robyn überlegte. Tad war jemand, der sich Sorgen machte, aber er wusste auch, wann er sich zurückhalten musste. Sie glaubte, Kyle würde es mit ihrem Bruder besprechen können.

Es könnte jedoch eine Weile dauern. „Nur, wenn du vorhast, die Gebühren zu zahlen."

„Was bist du, ein Knauser?"

„Wie Dagobert Duck."

Er zog sie für einen Kuss an sich, einen von der Art, bei dem sich ihre Zehen einrollten und ihr Herz schneller pochte.

Gerade, als es interessant wurde, löste er sich von ihr. *„Verdammt, du schmeckst immer besser. Ich sollte ihn anrufen, bevor ich zu sehr abgelenkt werde. Wie ist die Nummer?"*

Sie holte das Telefon heraus und reichte ihm eine von Tads Visitenkarten, die sie zusammen damit aufbewahrte.

Kyle schluckte kurz, dann grinste er breit.

Was hatte der verdammte Wolf jetzt vor? Der Ausdruck in seinen Augen war viel zu verschmitzt.

Er wählte die Nummer und lehnte sich dann zurück,

um zu reden, wobei er sich vergewisserte, dass sie seine Lippen sehen konnte.

„Hi, Tad, ich bin Kyle Lynus. Wie geht's dir?" Er zwinkerte ihr zu, und ein Alarm schrillte in ihrem Kopf. Etwas stank. „Nein, TJ braucht keine Rettung, wir haben ihn schon ausgegraben ... Ich weiß, er ist eine totale Nervensäge. Aber ich brauche was ... Ihr geht's gut. Wo wir gerade beim Thema sind, Robyn und ich sind Gefährten, und ich wollte ..."

Sie starrte ihn geschockt an. Wie konnte er das Tad gegenüber so herausplatzen? Ihr Bruder musste ausflippen. Sie schlug Kyle auf die Schulter und versuchte, ihm das Telefon wegzunehmen.

„Warte kurz, Tad, sie ist gerade ein bisschen übermütig. Ich glaube, sie macht sich Sorgen, dass du da drüben einen Anfall bekommst oder sowas. Willst du mit ihr reden?"

Mit einem heftigen Ruck riss sie ihm das Telefon aus der Hand, um einen Blick auf das Display zu werfen. Vielleicht hatte er überhaupt niemanden angerufen und es war ein Witz.

Aber sie sah eine Nachricht auf dem Display.

Tad: *Herzlichen Glückwunsch, Schwesterchen, Kyle ist großartig. Ich freue mich für dich.*

Ihr blieb der Mund offenstehen. Sie tippte schnell: *Kennst du Kyle? Weißt du, was er ist?*

Tad: *Ja. Wolf. Du bist schnell, Schwesterchen.*

Robyn: *Du bist sowas von tot, wenn ich dich das nächste Mal sehe.*

Tad: *Hab dich auch lieb.*

Robyn: *Idiot*

Kyle nahm ihr das Telefon ab, sagte „Hallo?" und schwieg dann kurz, um zuzuhören.

„Ja, danke. Es war eine Überraschung, aber sie ist

unglaublich, Tad. Hey, dieses Wochenende gibt es eine Kleinigkeit, wenn du dich uns anschließen möchtest. Robyns erster Vollmond ist am Samstag ... Natürlich kannst du kommen! Du gehörst zur Familie, auch wenn du noch nicht getriggert bist ... Ich weiß, Tad." Kyle verdrehte die Augen. „Irgendwann wird es passieren, Mann. Muss Schluss machen. Robyn lässt mich für den Anruf bezahlen ... Natürlich kann ich es mir leisten, aber warum sollte ich mehr Zeit damit verbringen wollen, mit dir zu labern, wenn ich mit meiner Gefährtin zusammen sein kann?"

Sie bemühte sich, ihre Atmung zu kontrollieren, als Kyle auflegte und das Telefon wegpackte. Das Grinsen auf seinem Gesicht war mehr, als sie ertragen konnte, und sie versetzte ihm einen Klaps auf den Arm.

„Hey, wofür war das denn? Ich finde, das lief ziemlich gut. Tad schafft es sogar, zu deinem ersten Vollmond zu kommen. Ist das nicht toll?"

„Du Arsch. Du hast mir nicht gesagt, dass du meinen Bruder kennst. Woher kennt er dich, und woher wusste er, dass du ein Wolf bist, und ..."

Er schlang seine Arme um sie und hob sie hoch, während sie sich gegen ihn wehrte.

Robyn war angepisst. Kyle hatte Tad die ganze Zeit gekannt? Das bedeutete, dass Tad über Werwölfe Bescheid wusste und ihr nie gesagt hatte, dass sie einer war.

Himmel. Das war wahrscheinlich das „große Geheimnis", über das er immer wieder mit ihr zu reden versucht hatte.

Diese beiden Männer waren tot.

Kyle legte sie auf das Schlafpodest und ließ sich auf ihr nieder, um sie daran zu hindern, sich wegzuwinden. Der Nervenkitzel seiner Berührung kämpfte mit dem Wunsch, ihm die Kniescheiben zu zertrümmern.

„Sag mir, was vor sich geht, oder ich bin gezwungen, dir wehzutun."

„Du würdest mir nie wehtun."

„Ach ja? Schon mal einen Müsliriegel mit Abführmittel gegessen? Das ließe sich arrangieren."

Er lachte, rollte sich zur Seite und streichelte mit einer Hand über ihren Körper, während er sprach. „Mir war der Zusammenhang nicht klar, als du gesagt hast, du bist eine Maxwell. Du hast mir gesagt, dass du einen Bruder hast, aber du hast nie seinen Namen erwähnt."

Robyn öffnete den Mund, um zu protestieren, dann erstarrte sie. *„Verdammt. Bist du dir sicher?"*

Er nickte. „Ich hätte seinen Namen erkannt. Ich kenne Tad aus meinem Tourengeschäft. Er fliegt uns überallhin. Er hat mir erzählt, dass er eine Schwester hat, aber er hat nie gesagt, dass sie taub ist. Er hat auf einer Reise herausgefunden, dass wir Wölfe sind, als TJ einen seiner nicht-so-cleveren Houdini-Tricks vorgeführt hat, als Tad noch da war."

„Ich werde ihn umbringen", verkündete sie.

„Dein Bruder ist ein Halbblut, ist aber noch nicht getriggert. Wir haben vermutet, dass es euer Großvater war, der ihm die Gene gegeben hat. Falls du dich fragst, ja, er wusste, dass du ein Wolf bist." Sie spannte sich unter seinen Händen an. „Hey, fass es einfach so auf: Er kann nicht wandeln, bis seine Gene getriggert werden, und das ist für ein männliches Halbblut kompliziert. Dir zu erzählen, dass ihr Werwölfe seid, würde nicht funktionieren, weil er es dir nicht beweisen könnte. Er dachte wahrscheinlich, dein Gefährte wäre jemand aus einem der Whitehorse-Rudel."

Mit einem Blitz der Einsicht ließ Robyn ihren Kopf zurück auf das Podest sinken. *„Hat er mich deshalb all die*

Jahre all diesen verschiedenen ‚Kunden‘ vorgestellt? Waren das alles Wölfe?"

„Vielleicht. Er hat es gut gemeint, denk daran, bevor du ihm an die Kehle gehst, heißblütiges Ding." Er ließ seine Hände besitzergreifend über sie gleiten. *„Da es unsere letzte Nacht hier ist, stimme ich dafür, dass wir sie ausnutzen. Das Abendessen war großartig, aber jetzt möchte ich mein Dessert."*

Er öffnete ihr Hemd und vergrub seinen Kopf zwischen ihren Brüsten, rieb hin und her über ihren Oberkörper, als würde er sich mit ihrem Duft markieren.

„Du weißt es nicht, aber du riechst absolut fantastisch. Es hat was damit zu tun, dass du kürzlich getriggert worden bist und dass du meine Gefährtin bist, aber deine Pheromone sind im Moment unglaublich." Mit der Zunge zog er eine lange, langsame Linie zwischen ihren Brüsten, bis er ihre Lippen erreichte, und begann dort, ihre Lippen mit Küssen und sanften Bissen zu necken.

„TJ sagte, es könnte ein Problem mit dem Rudel sein. Dass alle Männer von mir angezogen werden würden."

Kyle zog sich zurück und starrte sie einen Moment lang an. „Er hat recht, darüber habe ich nie nachgedacht. Ich meine, du bist markiert als meine, und dein Geruch ist eindeutig unser Geruch, aber als Vollblut sendest du bis nach deinem ersten Vollmond Killerhormone aus."

Er strich mit einem Finger ihren Körper hinunter und umkreiste die Rundungen ihrer Brüste, während er darüber nachdachte. „Ich werde aufpassen, wem ich dich vorstelle. Nur Paare und Frauen bis nach dem Wochenende. Du bist zu schön. Sonst müsste ich gegen jeden um dich kämpfen."

„Ihr Wölfe scheint kämpfen zu mögen."

„Es vertreibt die Zeit und hält uns warm. Es ist kalt in Alaska."

Robyn griff nach seiner Hand, wo sie sie liebkoste, und schob sie weiter ihren Körper hinunter, bis seine starken Finger auf ihrem Hügel lagen. Sie schob ihm ihr Becken entgegen und ermutigte ihn, sie zu erkunden. „Im Yukon ist es auch kalt, aber ich kenne viele andere Möglichkeiten, mich warmzuhalten. Kamine, Whirlpools ...“

„... Saunen, Betten. Ich freue mich darauf, alle mit dir auszuprobieren.“ Er spreizte seine Finger auf ihrem Bauch und senkte schließlich seinen Kopf auf ihre Brust. Seine Zunge schnellte heraus, um die Spitze ihrer Brustwarze zu befeuchten. Ihr Körper reagierte sofort, und ihre Nippel richteten sich auf.

Sein zufriedenes Lächeln erwärmte ihr Herz. Er ging nicht einfach nach Schema F vor. Er schien es zu genießen, sie zu berühren, ihr ein wunderbares Gefühl zu schenken.

Er pustete kühle Luft über ihre Brust und jagte einen Blitz von Lust in ihr Innerstes. Langsam senkte er seinen Mund, bis er die erigierte Spitze in seinen Mund saugen konnte, dann zog er hart daran, bevor er sie liebkoste und dann zart mit den Zähnen knabberte.

Das abwechselnde Ziehen und sanfte Liebkosen baute den Druck auf, der tief in ihr brannte. Sie streckte ihre Hände aus, um über seine Schultern zu massieren, und hielt ihn nah an ihrem Körper.

Plötzlich brauchte sie mehr. Sie wollte ihn berühren, ihm ein ebenso gutes Gefühl geben wie er ihr. Er war in den letzten Tagen ein so zärtlicher Liebhaber gewesen, aber er hatte ihr nie die Führung überlassen.

„... oh verdammt, das fühlt sich gut an. Ich möchte, dass du dich umdrehst. Bitte?“

Sie spürte sein Lachen an ihrer Brust. *„Willst du damit auf irgendetwas hinaus, kleiner Vogel?“* Er schlemmte weiter, als er sie in seine Arme und mit sich zog, bis sie auf ihm lag.

Er saugte immer noch.

Robyn zog ihre Beine an, um sich rittlings auf seinen starken Körper zu setzen. Langsam hob sie ihren Oberkörper von seinen Liebkosungen weg.

Der Ausdruck der Enttäuschung angesichts des Verlusts auf seinem Gesicht brachte sie zum Lächeln. „Schon gut, Wolfsmann, ich gehe nirgendwo hin, außer nach unten."

Sein verwirrter Gesichtsausdruck verschwand, als Hitze in seinen Augen aufflammte. Sie zwinkerte und begann mit der Erkundung, die sie sich vorgenommen hatte.

Sein Körper war erstaunlich, und er gehörte ganz ihr. Brustmuskeln, die sich unter ihren Händen anspannten, Brustwarzen, die sich aufrichteten, als sie über ihre Spitzen strich. Er schien ihre Berührung dort genauso zu genießen, wie sie seine genossen hatte.

Sie senkte ihren Mund, um sanft an der erigierten Spitze zu lecken.

Sein Körper zuckte. Ja, es gefiel ihm auch. Robyn imitierte, was er vorhin getan hatte und pustete sanft. Wieder zuckte er.

„Du machst mich ..."

Sie bewegte sich weiter nach Süden und strich über die Ränder des Sixpacks, der sie seit ihrer ersten gemeinsamen Nacht beeindruckt hatte, die Grate scharf und definiert, während seine Muskeln sich vor Erwartung anspannten.

„Bitte ..."

Robyn ließ sich zwischen seinen Schenkeln nieder, als sie seinen Körper hinabglitt. Sie hielt inne und stützte sich auf die Ellbogen, um ihn in seiner ganzen Pracht zu betrachten.

Sein erigierter Schwanz begrüßte sie aus nur wenigen Zentimetern Entfernung. Die Eichel hatte eine tiefviolette Tönung angenommen, und wieder einmal glänzte Vorsamen auf der Kuppe. Darunter folgte der harte, dicke Schaft.

Sie benutzte nur ihre Zungenspitze. Sanft, zaghaft.

„Heiliges ..."

Robyn warf einen Blick zu ihm nach oben und sah, dass seine dunklen Augen sie anstarrten. Ihr gefiel, dass er nicht in der Lage war, ganze Sätze zu bilden. Sie mochte die Art, wie sein Körper auf ihre Berührung reagierte. Irgendetwas musste sie also richtig machen.

Hitze strömte von ihm aus, und der Geruch von rohem Sex in der Luft machte sie verrückt. Sie grinste und hielt Blickkontakt, während sie die Kuppe seines Schwanzes in ihren Mund saugte.

Er verdrehte die Augen, und sein Sixpack spannte sich weiter an. Wenn das überhaupt möglich war.

Sie fiel in einen Rhythmus, ein Wirbeln ihrer Zunge über den unteren Rand der Eichel, gefolgt von dem Versuch, so viel wie möglich von ihm in ihren Mund zu nehmen.

Die ersten paar Male würgte sie ein wenig, als die Kuppe seines Schwanzes ihre Kehle berührte, doch je mehr Speichel sie produzierte, desto einfacher war es, ihn an ihren Lippen vorbeizuschieben, selbst als er noch härter wurde. Und dicker.

Auch ihre Erregung wuchs. Kyle zu berühren, ihn so zu verwöhnen, machte sie an, machte sie heiß und gierig nach ihm. Sie schloss die Augen und summte vor Freude.

„Verdammt, das reicht. Ich will das nicht verschwenden."

Seine starken Arme zogen sie hoch, und er drehte sie um, bis er seinen Körper fest gegen ihren Rücken drückte. Sein Schwanz schmiegte sich zwischen ihre Beine, und Robyn breitete instinktiv ihre Arme aus, um ihren Körper abzustützen, bevor sie auf die Matratze rollte.

„Es hat mir Spaß gemacht! Ich wollte, dass du dich gut fühlst."

„Babe, ich fühle mich großartig. Aber ich will heute Nacht nicht in deinem Mund kommen. Ich will, dass dein heißer, enger Körper mich melkt. Ich will dich um mich herum spüren, wenn du kommst. Heute Nacht ist für uns beide. Jetzt spreiz deine Beine weiter."

Er streichelte mit einer Hand über ihre Hüfte und drückte ihren Körper tiefer auf die Matratze, damit er sie besser sehen konnte.

„Verdammt, du bist wunderschön. Überall. Wie eine Blume, die sich mir öffnet." Er hob seinen Körper von ihr und ließ seine Finger in ihre Öffnung tauchen. Dann berührte er mit seinen nassen Fingern die enge Rosenknospe, die zwischen ihren Pobacken verborgen war. Sie versteifte sich, unsicher, ob sie sich wegwinden oder näher an den forschenden Finger drücken wollte, der kreiste und sie neckte.

„Wow, da bin ich mir nicht sicher."

„Still. Ich werde nichts tun, was dir nicht gefallen wird. Eines Tages werde ich dich in den Po nehmen, aber nicht heute. Heute zeige ich dir was Besonderes. Vertrau mir."

Seine Hände waren überall. Sie glitten über ihre Brüste, zwickten ihre Nippel zu harten, sehnsüchtigen Spitzen, bevor sie über ihren Bauch wanderten und sich fest gegen ihre Klitoris drückten.

Ein Finger glitt in sie hinein, streichelte sie ein paarmal und zog sich dann zurück, sodass sie sich leer fühlte. Dann begann er von vorn.

Robyn schob ihm ihr Becken entgegen und versuchte, Kontakt mit seinem Körper herzustellen. *„Kein Necken mehr. Ich brauche dich. Bitte."*

Plötzlich war er da, Haut an Haut mit ihr, sein harter, heißer Schwanz an ihrer Öffnung. Kyle beugte sich vor, und sein Mund berührte ihre Schulter. Er saugte hart, seine Zähne drückten gegen ihre Haut. Er bedeckte die Stelle, an der er sie zuvor markiert hatte, und als er saugte, zuckte ein Blitz durch sie hindurch und löste einen Orgasmus aus, von dem sie schwor, dass er die Hütte erzittern ließ.

Und den Berg. Vielleicht das gesamte Territorium, aber da könnte sie sich irren.

Dann stieß er in einer sanften Bewegung in sie hinein, der eine weitere Explosion folgte, die auf der Richterskala registriert wurde.

Verdammt, er war gut.

Er legte ein langsames Tempo vor und stieß seine gesamte Länge bei jedem Stoß tief in sie, während seine Hoden gegen sie schlugen. Er hielt sie an den Hüften fest und benutzte sie, um ihren Po an sich zu ziehen, als er schneller wurde.

„Ich wollte dich von Anfang an so. Du kannst dir nicht vorstellen, wie sehr es mich anmacht, dich so vor mir zu sehen, gespreizt für mich, mit wippenden Brüsten. Du bist so heiß und nass und eng. Dein Po ist so schön, glatt und einladend." Er bewegte eine Hand, um über die empfindlichen Nerven ihres Anus zu streichen, und tauchte einen Finger über den Rand, während er weiter mit seinem Schwanz in sie pumpte.

Die Empfindungen waren zu viel. Sie war vom letzten

Höhepunkt noch nicht heruntergekommen, und jeder Nerv in ihrem Körper brannte. Ihre Brüste rieben jedes Mal über den Schlafsack, wenn er in sie eindrang. Sein Schaft schien größer zu werden, als sein Finger im Takt mit den Stößen seines Schwanzes noch weiter in ihren Po drückte. Die doppelte Penetration ließ sie feuchter denn je werden, als alle Empfindungen auf einen weiteren Höhepunkt zuschossen. Die endlosen Stöße erzeugten dort Hitze, wo sie dachte, es gäbe nichts mehr zu verbrennen.

Seine freie Hand glitt um sie herum, um ihre Klitoris zu massieren, und sie schrie, als das Lauffeuer durch sie hindurch raste und jeden verfügbaren Zentimeter Haut und Gewebe verzehrte.

Er rammte ein letztes Mal in sie hinein, und sie spürte die Wärme seines Ergusses, spürte die harte Länge immer wieder zucken, als seine Hände sie an ihn pressten.

Sie war sich sicher, dass es Stunden dauerte, bis sie genug Energie hatte, um auch nur einen Atemzug zu holen. Ihr Körper prickelte von oben bis unten, obwohl sie zugeben musste, dass der untere Bereich ein bisschen mehr kribbelte als anderswo.

Er zog sich widerwillig aus ihr zurück und sie betrauerte den Verlust. Sie ruhte auf dem Podest und versuchte, wieder zu Atem zu kommen, den Kopf gesenkt und den Po immer noch in der Luft, als ein weiches, warmes Tuch über sie glitt. Kyle wusch sie mit derart sanften Berührungen, dass sie sich die ganze Zeit nicht sicher war, ob er wirklich da war.

Als er fertig war, zog er sie an sich und hielt sie fest, während er sich vor dem Feuer niederließ. Ihre Hand wanderte an seine Wange, und sie lächelte ihn an. Seine dunklen Augen starrten auf sie herab, die Hitze der

Leidenschaft immer noch da, aber auch etwas anderes. Etwas Zärtliches und Tiefes und Ewiges.

Robyn schmiegte ihren Kopf gegen seine Brust, und sie hätte schwören können, dass sie sein Herz schlagen hörte.

Für sie.

Nur für sie.

9

____

Mit Kyle auf Skiern nach Hause zu fahren war der Hammer. Er nahm nicht den geraden Weg die Hügel hinunter, sondern bog in die Bäume ab und machte so viele Umschwünge wie möglich.

Genau wie Robyn es gerne tat.

Es machte Tad wahnsinnig, wenn sie es tat, aber hier war ihr Gefährte und machte es genauso. Es fühlte sich großartig an, und es machte jede Menge Spaß, jemanden zum Skifahren zu haben, der nicht jedes Mal ausflippte, wenn sie den üblichen Weg verließ.

Nach einer Stunde erreichten sie das Niveau des zweiten Sees. Die kleine Jägerhütte am Kopfende des Sees war baufällig, aber immer noch ein perfekter Ort für ein heißes Getränk und einen kleinen Snack.

Sie verstauten gerade ihre Ausrüstung wieder in den Rucksäcken und machten sich bereit, über den See zu fahren, als sie ihre Arme um Kyle schlang und ihn fest an sich drückte. Sie war unglaublich froh, dass sie mit ihm reden konnte. Gebärdensprache zu benutzen und Lippen lesen zu müssen, machte jede Kommunikation auf einem Skiausflug abgehackt, doch dank der Gefährten-Magie, konnte sie jederzeit mit ihm kommunizieren.

Sie fragte sich, wie weit sie voneinander entfernt sein konnten und einander trotzdem hören würden.

Er streifte ihren Arm, Belustigung auf seinem Gesicht. *„Was ist?"*

Es nützte nichts, schüchtern zu sein. *„Ich liebe es, mit dir zusammen zu sein. Ich liebe es, in deinen Gedanken zu sprechen und dich in meinen zu hören. Ich liebe Skifahren mit dir."*

„Ich liebe es auch, mit dir Ski zu fahren. Vor allem, wenn du vor Freude quietschst, bevor du eine steile Böschung runterfährst."

Robyn traf ihn mit einem hastig geformten Schneeball. *„Ich quietsche nicht."*

Sein Blick wanderte über ihren Körper, und Hitze loderte zwischen ihnen auf. *„Und ob du quietschst. Und stöhnst. Und du machst alle möglichen anderen köstlichen Laute. Verdammt, es fällt mir schwer, nur daran zu denken. Lust auf eine Runde?"*

Sie hob eine Augenbraue. *„Es sind -4 °C, und wir sind mitten im Wald. Lass gut sein."*

Der anzügliche Blick, den er ihr zuwarf, als er in seinen Schritt griff und sich zurechtrückte, versprach ernsthafte Folter in naher Zukunft. *„Ist dir klar, wie schwierig es ist, so zu reisen?"*

„Besorg dir einen dritten Ski. Du wirst der Schnellste auf drei Beinen sein."

Lachend tanzte sie von ihm weg und machte sich bereit für die zweistündige Fahrt über den See.

Die Schneedecke war wunderschön. Harter Schnee bedeckte die Oberfläche mit einer ausreichend dicken

Staubschicht aus frischem Pulver, um ihren Skiern guten Griff zu bieten.

Wieder einmal ging Kyle voran und legte Spuren in den Schnee, denen sie folgen konnte. Sie unterhielten sich weiter entspannt über alles und nichts und vermieden es, über das Rudel, den Kampf oder Ähnliches zu sprechen.

Robyn genoss das schnelle Tempo, das er vorlegte, und sie war enttäuscht, als er langsamer wurde und zu ihrer Rechten in die Bäume blickte.

„Hey, wirst du müde oder so?"

„Eher oder so. Fahr weiter, aber mach langsamer. Behalte deine Augen auf meinen Rücken gerichtet. Verstanden?"

„Nein. Wir müssen schneller fahren, oder wir brauchen eine Woche und nicht einen Tag, um nach Haines zu kommen."

„Schaust du auf meinen Rücken?"

Sie ließ ihre Augen über den festen Körper vor sich gleiten. Bei dem Gedanken, dass er ganz ihr gehörte, lief ihr das Wasser im Mund zusammen.

„Dein Hinterteil. Zählt das? Köstlich."

„Gut, dass du so denkst. Jetzt flipp nicht aus, aber ich glaube, wir werden beobachtet. Ich zähle mindestens vier Wölfe in den Bäumen. Hast du den Blick immer noch auf mich gerichtet?"

Ein Schauder durchfuhr sie. Irgendetwas stimmte nicht, sonst hätte er einfach angehalten und die Wölfe gestellt. *„Ja. Was ist los?"*

„Ich denke, jemand versucht, irgendeine Nummer abzuziehen. Wenn der andere Herausforderer um die Alpha-Position mich vorzeitig ausschalten kann, könnte er unbestritten die Führung übernehmen. Sie müssen dich für

TJ halten. Viele Leute wussten, dass er mit mir nach Granite gekommen ist."

„Wow, was für eine Beleidigung. Haben die ihn noch nie Skifahren gesehen?" Ihre Empörung verschwand, als sie sich seiner übrigen Worte bewusst wurde. „*Werden sie uns angreifen?*"

Kyle fuhr weiter, und Robyn verringerte den Abstand zwischen ihnen, als er langsamer wurde.

Sie warf ein paar verstohlene Blicke in Richtung der Bäume und entdeckte ein paar der Wölfe, die am Rand des Waldes sichtbar wurden.

„*Ja, sie werden angreifen.*" Irgendwie schaffte er es, in ihren Gedanken beruhigend zu klingen. „*Hör zu. Sie wissen nicht, dass wir Gefährten sind, was bedeutet, dass sie nicht wissen, dass wir so kommunizieren können. Damit haben wir einen Vorteil. Wenn Jack sich an die Regeln halten würde, würde er allein auf mich zukommen, und die anderen würden zurückbleiben und zusehen. Doch da er sich hier draußen an uns ranschleicht, bezweifle ich sehr, dass er vorhat, sich an die Regeln zu halten.*"

„Bastarde." Sie hatte Angst, war aber auch wütend.

„*Wenn sie denken, dass du TJ bist, gehen sie davon aus, dass du wie er kämpfen wirst.*" Kyle hielt inne. „*Obwohl er tollpatschig und nervig ist, ist TJ ein starker Wolf. Ich schätze, sie werden dich zu zweit angreifen.*"

„*Zu zweit? Das ist nicht fair, aber wenn wir zusammenbleiben ...*"

„*Das möchte ich, aber so würden wir niemals überleben. Vier gegen zwei bedeutet, dass du manchmal sogar drei gegen einen haben kannst, und selbst ich kann nicht gegen so viele auf einmal ankommen, ohne verletzt zu werden. Der Gedanke gefällt mir gar nicht, aber ich muss dich für eine Weile allein lassen.*"

Sie hatte nicht gedacht, dass es möglich war, durch Gedankensprache ein Keuchen zu senden.

Kyle fuhr fort. *„Ich werde die beiden angreifen, die hinter mir her sind, mindestens einen von ihnen ausschalten und dann wieder zu dir kommen. Ich habe dir von der Wolfsgesellschaft und der Rangordnung erzählt. Du bist stark genug, um sie abzuwehren."*

Sie fuhren ein Stück weiter, während Robyn ihre Panik unterdrückte.

Er wollte sie verlassen und sie von zwei Wölfen angreifen lassen.

Nein, das stimmte nicht. Er würde darauf vertrauen, dass sie sich verteidigen konnte, bis er zurückkommen und sie beide retten konnte.

Das klang besser. Auch wenn sie sich immer noch in die Hose machen wollte.

„Gleich hinter dieser Kurve bläst der Wind normalerweise den Schnee vom See. Das Eis bietet eine bessere Oberfläche, um darauf zu stehen und sich zu verteidigen. Wir fahren weiter, bis wir dort ankommen."

Sie wusste nicht, ob sie das wollte oder lieber für immer weiterfahren.

Schließlich hob Kyle eine Hand, als wollte er eine Pause signalisieren. Er drehte seinen Körper den Bäumen zu und zog sie lässig zu sich herum.

Er zog seine Kleidung aus, während sie den Blick von den Bäumen aus auf ihn versperrte. Ein gefährlicher Glanz ließ seine Augen leuchten, und Macht ging in Wellen von ihm aus. Sie mochten in einer schwierigen Situation sein, doch er würde kein so leichtes Ziel sein, wie die anderen es sich vielleicht vorgestellt hatten.

„Schütze deine Kehle", sagte er zu ihr. *„Wenn sie nahe genug sind, um an deine Kehle zu kommen, will ich, dass du*

ihnen deinen Arm ins Maul schiebst. Sie können ihn dir brechen, und es wird höllisch wehtun, aber dein Wolf kann einen verletzten Arm heilen. Deine Kehle nicht."

Robyn starrte ihn an. *„Ich hab' dich auch lieb, Sweetheart. Mann, du nimmst dein Mädchen auf die romantischsten Dates mit, nicht wahr? Irgendwelche anderen Ratschläge für mich, Cujo?"*

Kyle schmunzelte. *„Denk nur daran, dass es genauso wehtut, wenn du einem Wolf in die Eier trittst, wie einem Menschen."*

„Gut zu wissen. Also mach mich nicht wütend, okay? Was erwartest du von mir, außer herumzustehen und auszusehen wie Abendessen?"

Das Lächeln, mit dem er antwortete, beruhigte sie mehr, als es das in Gegenwart von Wölfen hätte tun sollen, die sie verfolgten und sie töten wollten. *„Ich erwarte von dir, dass du deine Skistöcke, dein Messer und deine Toughness einsetzt und ihnen für mich in den Arsch trittst. Bereit?"*

„Du bist sexy, wenn du tough bist. Ich denke, wenn sie mich für TJ halten, sollte ich mich jetzt nicht vorbeugen und dir einen Kuss auf die Wange pflanzen, hmmm?"

Kyle warf den Kopf zurück und lachte. Er streckte seine Arme nach ihr aus und während er seine Augen auf die Baumgrenze gerichtet hielt, küsste er sie gründlich.

„Was für eine wunderbare Idee. Jetzt werden sie sich wegen ihres Schleichangriffs Sorgen machen und *ausflippen, wenn sie uns beobachten. Da kommen sie. Übrigens, ich liebe dich."*

Sie entfernten sich eine Handspanne voneinander. Kyle warf seine Kleider von sich und wandelte zu seinem Wolf. Einen Augenblick später raste seine silbergraue Gestalt auf den nächsten der Wölfe auf der linken Seite zu.

Er flog geradezu über den Schnee, und sie jubelte innerlich, als sein großer Körper gegen den kleineren Wolf prallte und ihn umwarf.

Dann konnte sie nicht mehr hinsehen, weil die anderen Wölfe sie von rechts erreichten.

Sie drehte sich um und ging in die Hocke, um ihr Messer zu ziehen. Ihr Rucksack lag nicht weit von ihr, und sie merkte sich seine Position, um nicht zu stolpern.

Sie warf einen Blick zurück zu den Bäumen und schnappte nach Luft. *„Verdammt, du schuldest TJ eine Entschuldigung. Sie denken offensichtlich, dass er tougher ist, als du angenommen hast. Da kommen drei Wölfe auf mich zu."*

„Ich weiß. Ich habe auch drei. Gib mir einen Augenblick. Versuch, sie abzulenken."

Robyn knirschte mit den Zähnen. Ablenken? *„Was, willst du, dass ich einen Cancan tanze oder sowas?"*

Angst und Wut rangen in ihr miteinander. Es war schon schlimm genug, dass Kyle an diesem Wochenende kämpfen musste. Doch das war zumindest eine altehrwürdige Tradition und dort wurde fair gekämpft. Das hier war jedoch nichts weiter als ein hinterhältiger Angriff, feige und billig.

Sie zog die Dose Bärenspray aus ihrer Tasche, wo sie sie seit Beginn der Reise aufbewahrt hatte. Eine der Regeln des Nordens war, sich niemals mit etwas anzulegen, dem man nicht gewachsen war.

Robyn war wirklich angepisst.

Sie wartete, bis der erste Wolf in Reichweite war, stürzte sich dann auf ihn, hielt den Atem an und besprühte das Tier mit dem Pfefferspray.

Ein Vier-Sekunden-Spray reichte aus, um ihn vor Schmerz jaulen zu lassen, während er mit den Pfoten nach seinen Augen schlug und sich vom Kampfgeschehen wegrollte, um seinen Kopf im Schnee zu vergraben.

Sie ließ ihr Messer und das Bärenspray fallen und griff nach den Riemen ihres Rucksacks. Sie drehte sich im Kreis, dann ließ sie den schweren Rucksack gegen den nächsten Wolf fliegen und riss ihn von den Füßen, während sie schnell ihr Messer vom Boden aufhob.

Der verbleibende Wolf musterte sie, den Kopf zur Seite geneigt, als würde er wirklich angestrengt nachdenken.

Als wäre er wegen etwas ernsthaft verwirrt.

Ein kurzer Blick zu Kyle verriet ihr, dass er einen Wolf zu Boden gebracht hatte. Sein großer silberner Wolfskörper krachte gegen einen kleineren schwarzen Wolf, und die beiden rollten im Schnee und schlugen mit ihren Krallen auf Oberkörper und Hals.

„Bleib ruhig, Robyn, ich bin auf dem Weg. Pass auf den schwarzen Wolf auf. Er ist Jacks Bruder, und er ist gemein. Der andere Wolf wird versuchen, dich abzulenken, aber pass auf Dan auf."

Dan lag immer noch unter dem Rucksack am Boden, doch er hatte den Kopf gehoben und schnupperte angestrengt in die Luft. Er warf den Kopf zurück und öffnete das Maul weit, und sie nahm an, dass er heulte.

Kyle fluchte. *„Verdammte Scheiße. Lauf zu mir, sofort!"*

Sie drehte sich um, doch Dan war wieder auf die Beine gekommen und setzte zum Sprung an.

„Ich kann nicht, er greift an. Was ist passiert?"

„Er wittert, dass du meine Gefährtin bist. Er hat es den anderen gerade gesagt. Verdammt, jetzt habe ich wieder drei am Hals. Halte ihn dir vom Leib, Babe, du kannst es. Er wird dir nicht wehtun."

Robyn hörte seine Wut sogar in ihrem Kopf. Dans Schrei folgend war der andere Wolf, der um sie herumgeschlichen war, losgerannt und griff jetzt Kyle an – wieder drei gegen einen.

Sie sprang zur Seite, als Dan nach ihren Beinen schnappte. Ihr Hieb war zu langsam, um mehr zu tun, als ihr Messer über sein Fell zu streichen, bevor er sich zurückzog. Seine Wolfsaugen verspotteten sie, als er sie weiter von dort wegtrieb, wo ihr Gefährte kämpfte.

Kyle war stärker als jeder einzelne der Wölfe um ihn herum, doch seine Angreifer tanzten außerhalb der Reichweite seiner Klauen und Zähne um ihn herum.

„Was machen sie?"

„Sie versuchen, den Kampf in die Länge zu ziehen, um mich müde zu machen, bevor Jack überhaupt auftaucht."

Robyn drängte sich auf Kyle zu und versuchte, den Abstand zwischen ihnen zu verringern, doch sie wurde immer wieder von Dans Angriffen davon abgehalten und bemerkte nicht, wie nah sie an die Bäume manövriert worden war.

Dann sah sie *ihn.*

Scheiße.

Der Wolf, der gerade aufgetaucht war, war so groß wie Kyle, schwarz vom Schwanz bis zur Nase, und er kam furchtlos aus dem Wald direkt auf sie zu.

„Kyle, wer ist dieses Arschloch?"

Er riskierte einen kurzen Blick und sie spürte, wie seine Wut aufflammte. *„Das ist das Oberarschloch höchstpersönlich. Jack."*

Sie konnte ihre Augen nicht gleichzeitig auf Dan und Jack richten, und plötzlich prallte etwas gegen ihre Hinterbeine, und sie stürzte hart auf das Eis. Sie schwang ihren Arm, hieb hart mit ihrem Messer und schaffte es diesmal, Fleisch zu treffen. Doch dann wurde ihr Arm taub und die Klinge flog ihr aus den Fingern, als ihr Ellbogen vom Gewicht von Jacks riesiger Vorderpfote auf den Boden geschleudert wurde.

Ihr panischer Schrei wehte zu Kyle hinüber. *„Robyn, ich komme! Schlag ihm auf die Nase und tritt ihn, wenn du kannst. Wehr dich gegen ihn."*

Sie versuchte, nicht auszuflippen. Jacks massiver Körper war auf ihr und drückte sie zu Boden.

Er schnupperte an ihrem Ohr entlang.

„Ich kann mich nicht bewegen. Er ist an meiner Kehle und steht auf meinen Armen. Er muss fünfhundert Pfund wiegen, und oh Gott, das ist ekelhaft."

„Ich bin fast da. Was hat er getan?"

„Er hat meinen Hals geleckt. Igitt, er stinkt."

Robyn bemühte sich, ihre Beine anzuziehen, um auszutreten und irgendeinen Teil von Jacks Anatomie zu treffen. Er fuhr fort, an ihrer Kehle zu schnuppern, seine Zunge leckte gelegentlich, während sie sich unter ihm abmühte.

Er schien nicht darauf aus zu sein, sie zu verletzen, doch das schiere Gewicht seines Körpers zwang die Luft aus ihren Lungen. Dadurch, und durch den Gestank seines Atems wurde ihr allmählich schwindelig.

Plötzlich war Kyle da. Sein massiver Körper knallte gegen Jacks Flanke, und die beiden flogen über sie hinweg und rollten auf die Bäume zu.

Zähne blitzten. Jack hielt sich nicht länger zurück, wie er es bei Robyn getan hatte. Die Wut des Angriffs, die Geschwindigkeit der fliegenden Klauen ließen sie entsetzt aufkeuchen.

Pelzfetzen flogen.

Doch auch nach dem Kampf gegen die anderen Wölfe war Kyle deutlich stärker als sein Gegner. Seine großen

Pfoten fanden Halt auf der eisigen Oberfläche, als er Jack bald unter sich und auf den Rücken zwang.

Einen Augenblick später legte Kyle seine Zähne an Jacks Kehle und setzte seine rasiermesserscharfen Krallen auf den Bauch seines Gegners.

In dieser Position hielt er inne.

Und wartete.

Robyn kroch im Krebsgang rückwärts vom Kampf weg, wie hypnotisiert. Langsam wurde ihr bewusst, dass die anderen Wölfe, die noch standen, sie umzingelt hatten, während sie Kyle beobachtet hatte.

„Oh Scheiße."

„Sie werden dich nicht anfassen. Ich habe ihren Anführer im Todesgriff. Er ist körperlich besiegt und hat meine Überlegenheit anerkannt."

Die Wölfe umkreisten sie langsam und machten verhaltene Sprünge in ihre Richtung. Mit jedem Kreis kamen sie näher.

„Bist du sicher, dass sie das wissen? Weil sie mir hier wirklich Angst machen."

Kyles Kiefer bewegte sich, und sie nahm an, dass er mit Jack sprach. Der schwarze Wolf warf den Kopf zurück.

„Ähm, Robyn? Kleines Problem. Erinnerst du dich, dass TJ dir erzählt hat, dass du gerade jetzt, nachdem du getriggert wurdest, ziemlich interessant riechst?"

Sie wich einem anderen Wolf aus, der näher gekommen war, um sie zu streifen.

„Willst du mir sagen, dass diese Arschlöcher scharf auf mich sind?"

„Ja. Wir müssen sie davon überzeugen, dass du schon vergeben bist. Einschließlich Jack, der übrigens gerade eine Bemerkung darüber gemacht hat, wie gut du schmeckst."

Die vier Wölfe, die Robyn umkreisten, drehten sich um

und schlichen auf Kyle zu. Ihre gesenkten Schwänze und gefletschten Zähnen verrieten, dass sie vorhatten, den Angriff fortzusetzen.

Er presste seine Pfote härter auf Jacks Bauch, doch er konnte sich nicht verteidigen, ohne seinen Gefangenen freizulassen.

„Sag ihnen, dass sie verschwinden sollen", forderte er sie auf.

Sie rannte auf einen der näheren Wölfe zu und trat ihm in die Flanke. Er rollte einfach zurück auf seine Beine und setzte seinen Weg in Richtung Kyle fort.

Verzweifelt versuchte sie, an die Seite ihres Gefährten zu kommen, und ignorierte das Pochen ihres Herzens, als sie zwischen sechs Wölfen hindurch marschierte.

Die Rüden wichen ihr aus, konzentriert auf ihr Ziel.

„Das wäre ihnen egal. Ich habe keine Waffe mehr."

„Sag es ihnen einfach. Du hast eine starke Stimme, und wir sind hier im Recht. Es ist unsere einzige Chance. Tu es. Jetzt!"

Sie beeilte sich, an seine Seite zu kommen und rief: „Stopp! Lasst ihn in Ruhe!"

Alle Wölfe erstarrten.

Verdammt, es war, als wäre die ganze Welt eingefroren. Ein sanfter Wind streifte ihre Haut, doch sonst bewegte sich nichts. Die pelzigen Bestien, die sie eingekreist hatten, schienen kaum zu atmen.

Robyn war sich nicht sicher, was gerade passiert war.

Dann richtete Kyle sich auf, zog langsam seine Pfote zurück und wich von Jack zurück.

Er schoss davon und kehrte schnell mit seinen Kleidern und ihrem Messer zurück. Er hatte einen äußerst erfreuten Ausdruck auf seinem Wolfsgesicht. *„Du bist verdammt schön. Und diese Stimme – mm, mm gut."*

Er wandelte und zog sich an, während er sprach, und endete damit, dass er sie packte und den Kuss fortsetzte, den er vor dem Angriff begonnen hatte.

War er von Sinnen? *„Ähm ... Hallo? Da sind ein paar Wölfe, die um uns herumlungern und darauf warten, uns zu töten, schon vergessen?"*

Mit einem letzten zärtlichen Biss in ihre Unterlippe zog er sich widerwillig zurück.

„Du bist so sexy, wenn du deine Alpha-Stimme benutzt. Die Welpen hinter uns? Sieh sie dir an."

Robyn drehte sich langsam um.

Alle Wölfe lagen im Schnee. Als sie sahen, dass sie in ihre Richtung blickte, senkten sie ihre Schnauzen auf den Boden und bedeckten ihre Augen mit den Vorderpfoten.

Jack, blutig von Kyles Angriff, kroch auf dem Bauch bis zu ihren Füßen. Seine dunklen Augen huschten zwischen ihnen hin und her, dann rollte er sich langsam auf den Rücken und entblößte seine Kehle.

Kyle sprach laut, damit alle Angreifer es hören konnten, und schickte die Worte auch in ihre Gedanken. „Sollen wir sie töten?"

Sie war ein bisschen geschockt, dass der Gedanke sie nicht sofort abschreckte. Dieses Wolfsein hatte definitiv den blutrünstigen Teil ihrer Seele zum Vorschein gebracht.

Dennoch gab es andere Dinge zu bedenken. *„Findet der Kampf am Sonntag noch statt, oder hat sich dein Konkurrent gerade selbst disqualifiziert?"*

„Oh, Jack ist definitiv aus dem Rennen um die Rolle des Alpha. Und so, wie sie auf deine Stimme reagiert haben, würde ich sogar sagen, dass du gezeigt hast, dass wir von nun an die vollständige Macht über alle rebellischen Unruhestifter haben."

Sie ließ sich auf die Knie fallen und zog Jacks Ohr hart zurück, ihr Messer dicht an seiner Kehle.

„Vorsicht, Baby. Denk darüber nach", warnte Kyle.

Er war so süß – er versuchte, sie zu beschützen. Doch in diesem Fall hatte sie sich den perfekten Racheplan ausgedacht.

Immerhin hatten die Bastarde ihre Flitterwochen gestört. Eine kleine Revanche war angebracht.

„Oh, ich weiß genau, was ich will. Ich habe ihnen nur eines zu sagen."

Ein leises Summen von Belustigung drang zu ihr herüber. Das geistige Äquivalent eines Schmunzelns? *„Nur zu. Ich vertraue dir."*

Robyn beugte sich näher zu dem Ohr, das sie festhielt, herunter und sprach laut.

„Hey, Arschloch. Wandle."

„Sie hat sie wirklich gezwungen, zu wandeln?"

TJ, Tad und ein paar andere enge Freunde von Kyle saßen zusammen in einem der Nebenräume des Saals und warteten darauf, dass Robyn auftauchte. Sie bereitete sich immer noch auf ihren Auftritt als neue Alpha des Rudels und ihren ersten Vollmond vor.

„Oh, nicht nur das, sie hat sie gezwungen, um uns herumzustehen und sich vorzustellen. Splitterfasernackt in der Kälte. Dann mussten sie sich bei uns beiden dafür entschuldigen, dass sie ,die Ruhe unserer Flitterwochen gestört' haben."

Er beobachtete ängstlich die Tür zur Damentoilette und rückte das Medaillon um seinen Hals wieder zurecht. Wenn sie nicht bald auftauchte, würde er sie rausholen.

„Ich dachte, Jack würde ein Aneurysma bekommen, als sie vorgeschlagen hat, dass er vielleicht einen dieser Penisvergrößerer kaufen sollte, für die sie online werben."

Tad verschluckte sich an seinem Drink. „Meine Schwester?"

Kyle tauschte wissende Blicke mit TJ. „Oh ja. Sie ist

großartig. Provozier' sie nicht mehr als sonst. Jetzt, wo sie ein voller Wolf ist, ist sie verdammt überzeugend."

Tad lehnte sich zurück und schluckte schwer.

Kyle grinste ihn an. „Warte, bis sie anfängt, dich herumzukommandieren."

„Bringst du mich in Schwierigkeiten?"

Er drehte sich zur Tür um, und konnte nicht erwarten, dass sie endlich herauskam *„Natürlich nicht. Du kannst dich selbst in Schwierigkeiten bringen, sobald du hier bist. Hast du vor, noch in diesem Jahrhundert da rauszukommen?"*

Scharrende Geräusche auf der anderen Seite der Tür machten ihn hoffnungsvoller als ihre Worte.

„Hör zu, o Großer und Durchtrainierter, du hast mir erst heute Abend gesagt, dass ich mich bei diesem Rummel nackt machen muss. Ich musste mich ein bisschen mehr hübsch machen als sonst. Bist du sicher, dass ich mich ausziehen muss?"

Die Tür öffnete sich, und Robyn trat ein, gekleidet in die traditionelle blassblaue Robe der Alpha-Frau. Ihr Haar fiel offen über ihre Schultern, und ihre Augen schienen im Licht des Mondes zu glühen. Silber und Gold und magisch.

Kyles Herz pochte ihm bis zum Hals und schnürte ihm die Kehle zu. Der Geruch ihres Wolfes wurde stärker, je näher der Mond kam.

Er hatte sein ganzes Leben auf sie gewartet.

„Oh ja. Du musst dich auf jeden Fall ausziehen."

Er schlug die Kapuze ihrer Robe hoch, und das weiche weiße Fell am Saum unterstrich ihre schöne Haut perfekt.

Sie deutete mit amüsiertem Gesichtsausdruck auf den pelzigen Rand. *„Der Kunstpelz ist übrigens zum Schießen, wenn man bedenkt, was wir sind."*

„Als er klein war, habe ich TJ davon überzeugt, dass es Urgroßvater Stephen ist."

Ein Lachen patzte aus ihr heraus und entlockte der Menge, die hinter ihnen wartete, ein Lächeln.

Dann trafen sich ihre Blicke wieder, und die Hitze stieg schnell an. Verlangen überrollte sie beide, als sie einander anstarrten, den Rest der Leute im Raum vergessend.

„Würg!" TJ tat so, als würde er sich den Finger in den Hals stecken. Er trat vor Robyn und küsste sie auf die Wange. „Obwohl ich froh bin, dass du meine Schwägerin und meine Alpha sein wirst, kannst du dir den Sexkram für den Moment aufsparen, wenn du vor dem Rudel stehst?"

Ihr Gesicht wurde ganz weiß, als sie herumwirbelte und Kyle anfunkelte. *„Gibt es ein winziges, unbedeutendes Detail, das du vielleicht zu erwähnen vergessen hast?"*

Er zuckte mit den Schultern und warf ihr einen Blick zu, um sie wissen zu lassen, wie sehr er sie wollte. *„Vielleicht ist es mir entfallen. Ich glaube nicht, dass es dir was ausmachen wird – wir werden Wölfe sein. Zeit, dass wir gehen."*

Kyle streckte seinen Arm aus, um sie nach draußen zu führen.

Robyn hielt für einen Moment inne, und er betete, dass sie nicht auf ihn losgehen würde.

Kopfschüttelnd legte sie eine Hand an seinen Ellbogen und ging mit königlicher Miene mit ihm durch die Tür in den Saal.

„Ich muss mir was Besonderes für dich einfallen lassen. Eine Überraschung, da du offensichtlich darauf stehst. Oh, ich weiß. Ich mache dir morgen ein großes Blech Brownies. Nur für dich. Mit ganz ‚besonderen' Zutaten."

Sie beugte sich vor und küsste ihn auf die Wange, dann flüsterte sie ihm ins Ohr. *„Und du wirst sie alle essen."*

Kyle hielt sie für einen Moment auf, als sie sich dem Zentrum der Versammlung näherten. Er starrte ihr in die Augen und beobachtete, wie ein schelmisches Funkeln den Ärger ablöste.

Sie war unglaublich, seine Gefährtin. Genau das, was er in seinem Leben brauchte, und auch genau das, was das Rudel brauchte.

Er ließ ihren Arm los und wandte sich ihr zu. Er kreuzte vorsichtig die Hände über seinem Herzen und senkte seinen Kopf. *„Ich liebe dich, Robyn. Wollen wir jetzt Alphas werden?"*

„Mit dir, jederzeit."

„Gut. Dann teilen wir uns die Brownies."

Die Zeremonie verlief so gut, wie übertriebene, verrückte Wandlerrituale laufen konnten.

Auf dem ganzen Weg dorthin, wo sie einen kleinen Spaziergang um die Rudelmitglieder herum gemacht und ein kleines Liedchen darüber rezitiert hatten, dass sie für das Wohlergehen des gesamten Rudels da waren, hatte sie in einigen Gesichtern Skepsis gesehen.

Sie war nicht verärgert wegen derer, die sich immer noch fragten, ob sie wirklich stark genug war, dem Job gerecht zu werden, den Kyle so kühn zu ihrem erklärt hatte.

Robyn hatte ihr ganzes Leben damit verbracht, andere zu beobachten, und die Betrachtung der Gesichter um sie herum, als sie Arm in Arm mit Kyle ging, war eine letzte Gelegenheit für sie zu entscheiden, ob sie das wirklich tun wollte.

Nun, die Gefährten-Sache mit Mr. Sexy war eine

Selbstverständlichkeit, doch der Alpha-Job hatte vor einer Woche noch nicht Teil ihres Plans gewesen.

Doch je länger sie darüber nachdachte, desto richtiger fühlte sich diese ganze verrückte Situation an. Die wenigen Zögernden im Rudel waren zahlenmäßig weit in der Unterzahl verglichen mit den Unterstützern und Neugierigen, und sie spürte bei allen etwas, das ihr die Entscheidung leicht machte.

Verbindung. *Zugehörigkeit.*

Sogar die Wölfe, die sich Sorgen um die Neue in ihrer Mitte machten, hatten sie als einen der ihren akzeptiert – und im Laufe der Zeremonie wurden die Schichten dessen, was das bedeutete, immer offensichtlicher.

Schließlich führte Kyle sie nach vorn, und sie wandten sich gemeinsam der versammelten Menge zu. In den Gesichtern vor sich sah sie die Spuren des Andersseins, das sie nun als Teil ihres Wandlerdaseins identifizierte. Mensch und Tier, und ganz einzigartig.

Ganz ihres. Und der anderen.

Sie schloss ihre Finger fester um seine, als sie das Rudel näher betrachtete. Ein unheimliches Gefühl des Wissens überkam sie. *Diese Frau* – sie machte sich Sorgen wegen eines Vorstellungsgesprächs, das sie am darauffolgenden Tag haben würde. *Dieser Mann* – er hatte seinem Sohn im Teenageralter Hausarrest geben müssen, und jetzt überlegte er, wie er ihre Beziehung wieder verbessern könnte, um sie stärker zu machen, unterstützender ...

Jedes Gesicht erzählte eine Geschichte. Keine intimen Geheimnisse, obwohl Robyn spürte, dass sie tiefer graben konnte, wenn sie mehr wissen wollte. Doch die derzeitigen Freuden und Sorgen aller ihrer Herzen waren da, und sie wusste instinktiv genau, wie sie ihnen helfen konnte, zum nächsten Schritt zu gelangen.

Wow. Dieser Job war echt.

Der Himmel klarte auf, und eine Lücke zwischen den Wolken ließ Mondlicht herabströmen. Es fiel in einem nahezu perfekten Kreis, keine drei Meter von ihrem Standort entfernt. Das Licht bewegte sich langsam auf sie zu, wie ein Scheinwerfer, der das Podium hervorhob, auf dem die Werwolfkönigsfamilie vor den Bürgerlichen erschien ...

Sie schnaubte angesichts des Bildes vor ihrem inneren Auge. Ähm ... *nein.* Sie hatte sicherlich nicht vor, die hündische Königin Obermotz zu werden. Wölfisch. Was auch immer.

„Freut mich, dass du dich amüsierst", neckte Kyle, und seine Stimme streichelte ihre Gedanken.

Sie warf ihm einen Blick zu und wurde plötzlich von weiteren Gedanken heimgesucht.

Seinem –

Geteilten Amüsement. Zuneigung. Seine Bestrebungen, sie glücklich zu machen. Eine Familie zu gründen und ein Leben aufzubauen. Sex ...

Ooops, hinter diesem letzten Gedanken steckte eine Menge Kraft, und sie errötete. *„Was kommt als Nächstes?"*

Er wackelte mit den Brauen. *„Du."*

Oh nein. Dieses ganze „Sex vor dem Rudel"-Ding würde nicht passieren. Nicht, wenn es nach ihr ging.

Robyn öffnete den Mund, um ihm das zu sagen, als das Mondlicht auf sie fiel und die Welt plötzlich drei Meter nach links verschoben wurde.

Das Licht wurde intensiver. Schatten verschwanden, als ihre Sicht schärfer wurde. Düfte wurden schwerer, stärker. Bilder tanzten in ihrem Kopf, als sie Luft durch ihre Nase einzog.

Was war das? Dieses köstliche, ablenkende Aroma?

Sie schnupperte. Ihre Haut zuckte, als sie das Tier identifizierte, und begann sofort zu überlegen, wie schnell sie es aufspüren könnte und –

„*Robyn.*" Kyles Ruf war amüsiert. „*Wir sind gerade ein bisschen beschäftigt. Vielleicht könntest du ein paar Stunden mit der Hasenjagd warten.*"

Oops.

Sie richtete ihre Aufmerksamkeit wieder dorthin, wo sie waren, und das war ein Ort, der vor Licht und Struktur funkelte. Sie hob ihre Arme vor sich und entdeckte, dass ihre Haut im Mondlicht schimmerte. Ein Prickeln lief ihr Rückgrat hinauf und hinunter, und jeder Atemzug fühlte sich berauschend an. „*Soll das so sein?*"

Kyle trat mit vor Bewunderung weiten Augen neben sie. „Du bist perfekt."

Sie blickte in sein Gesicht, wo seine Liebe zu ihr taghell geschrieben stand, und ein plötzliches Aufwallen von Gewissheit traf sie.

Wer weiß, ob es koscher war, doch sie tat es trotzdem.

Robyn hob die Arme. Sie gebärdete und sprach die Worte laut und in seinem Kopf zu ihm. Eine dreifache Ebene der Ehrlichkeit, die ein Versprechen teilte, von dem sie wusste, dass sie es halten konnte.

„Du bist *mein*. Ich bin dein. Heute und für immer. Zusammen werden wir die besten Alphas sein, die Granite Lake je gesehen hat. Nicht, weil wir körperlich stark sind –"

„*– aber das sind wir absolut*", unterbrach er sie stumm mit einem Augenzwinkern.

Sie lachte und fuhr dann fort. „Sondern weil wir zusammenarbeiten und all unser Handeln auf dem Stärksten aufgebaut sein wird, das es gibt."

„*Liebe.*"

Das gesamte Rudel rief die Antwort, und sie und Kyle

stießen die Fäuste gegeneinander, bevor sie sich umdrehten, um die Anerkennung des Rudels entgegenzunehmen.

Der Jubel war noch nicht einmal abgeklungen, als er ihre Finger ergriff und ihre Fingerknöchel küsste.

Das Prickeln unter ihrer Haut beschleunigte sich von intensiv zu elektrisierend.

Im nächsten Moment wurde sie von Magie erfasst. Ob es biologisch oder etwas nicht von dieser Welt war, konnte Robyn nicht sagen und es war ihr auch egal. Alles, was sie wusste, als sie in die Augen des Mannes starrte, den sie liebte, war, dass sich plötzlich die Realität von innen nach außen stülpte. Ihre Robe fiel zu Boden, als Lust durch ihre Adern brandete und sie …

… landete auf vier Beinen, Kyles perfekter Wolf ihr gegenüber.

Oh. Mein. Gott.

Robyn schüttelte sich, spannte instinktiv ihre Pfoten an und atmete tief, als sie ihren Kopf zurückwarf und die Begeisterung losließ, die darauf wartete, aus ihr herauszubrechen.

Sie heulte ganze zwei Sekunden lang, bevor sie geschockt umfiel.

„Bist du okay?", fragte Kyle und strich mit seinem Körper an ihrem vorbei.

War sie okay? *„Ich habe mich gehört. Ich habe mein Heulen* gehört."

Er stieß sie mit der Hüfte an. *„Dein Wolf war wohl nicht krank. Das wirst du vielleicht irgendwann bereuen – Wölfe sind verdammt laut in ihrem Fell."*

Sie bereute nichts daran, ein Wolf zu sein. Sie betrachtete ihren Gefährten und die Gruppe vor ihnen, von denen sich einige bereits gewandelt hatten und gespannt warteten. Ihr Körper fühlte sich stark und wild an und der Drang zu laufen war unmöglich zu ignorieren.

„*Hey, Kyle*", flüsterte sie.

Er stand vor ihr und senkte seinen Oberkörper ein wenig, um ihr in die Augen sehen zu können.

Robyn spannte ihre Muskeln an und bereitete sich auf den richtigen Moment vor. „*Du bist's.*"

Sie stürmte zum Ausgang und rannte im vollen Sprint auf die Bäume zu, wo die Düfte der Wildnis und die frische, saubere Luft lockten.

Kyle holte sie Augenblicke später ein, und sie liefen.

Zusammen.

EPILOG

Während er auf die Rückkehr von Kyle, Robyn und den anderen wartete, rang Tad mit gemischten Gefühlen.

Er freute sich so für seine Schwester – es war offensichtlich, dass sie endlich genau dort war, wo sie sein sollte, und zwar mit dem perfekten Mann. Sie waren Gefährten, also gab es gar keine Frage.

Und auch, wenn sie nie wirklich einen Beschützer gebraucht hatte, zu wissen, dass Kyle immer für sie da sein würde, machte es Tad leichter, sich die Sorgen, die er sich in den letzten zwanzig Jahren gemacht hatte, nicht mehr zu machen …

Okay, das war Blödsinn, denn er würde sich immer noch Sorgen machen. Sie gehörte zur Familie und sich um sie zu kümmern, war genau das, was er tun sollte. Selbst wenn klar war, dass sie eine starke neue Rolle in ihrem Leben eingenommen hatte.

Was er brauchte, war Ablenkung. Etwas Neues, auf das er seine Energie und Aufmerksamkeit richten konnte.

Glücklicherweise oder unglücklicherweise wusste er

genau, worauf er seit Jahren fixiert war. Seit er die Wahrheit über Gestaltwandler herausgefunden hatte – danke, TJ, dass du ein tollpatschiger Esel bist –, hatte Tad versucht, sein eigenes Dilemma zu lösen.

Er wollte es. Unbedingt.

Nicht nur ein Wolf sein, obwohl ihn das in seine Träume verfolgte und unter der Haut juckte. Er wollte *alles*. Die Gefährtin, das Rudel, die *Zugehörigkeit* ... und was er jetzt hatte, war eine Art von Treiben mit den Gezeiten.

Er hatte ein Rudel, ja, aber sein Platz war ungewiss. Nicht wie Robyn, die jetzt an Kyles Seite das Zentrum des Granite-Lake-Universums war.

Es war nicht einmal Neid. Verdammt, Tad war es egal, ob sich herausstellte, dass er irgendwo am unteren Ende der Rangordnung des Rudels stand, obwohl er das bezweifelte. Es war die Ungewissheit, die ihm jedes verdammte Mal den Spaß raubte.

Und ganz zu schweigen davon, eine Gefährtin zu finden. Vergiss das Rummachen im Rudel, dumme Halbbluthormone und verdammtes sexuelles *Woohoo* der Wölfe.

Sex. Er brauchte sofort welchen.

Ja, obwohl seine Probleme noch lange nicht vorbei waren, musste er sich darauf konzentrieren, und zwar mit all der Energie, die er jetzt nicht für seine Schwester aufwenden musste.

Planen, um sich zu amüsieren, war so viel besser als Trübsal blasen. Alles war besser, als dazusitzen und darauf zu warten, dass das Leben passierte.

Als er eine Hand hob, um das Winken des Granite Lake Beta zu erwidern, und aufstand, um zu sehen, was

Erik wollte, wusste Tad, wohin er gehen würde, um nach einer Lösung zu suchen, sobald er hier raus war.

Die Arme einer schönen Frau waren der perfekte Ausgangspunkt.

Blättern Sie um für eine Bonus-Vignette mit TJs großem Abenteuer!

BONUS-VIGNETTE: TJS GROSSES ABENTEUER

Die folgende Geschichte ist eine Vignette über den Tag, als Tad Maxwell erfahren hat, dass es Wandler gibt. Ich hoffe, Ihnen gefällt dieser kurze Ausflug in die Vergangenheit mit Tad und einigen Angehörigen des Granite-Lake-Rudels.

-Viv

TEIL EINS

Kluane-Nationalpark, Yukon
Vor einigen Jahren ...

Die Sonne glitzerte auf der Oberfläche des Sees und reflektierte zahllose funkelnde Juwelen zurück in seine Augen. Der strahlend blaue Sommerhimmel erstreckte sich von Gipfel zu Gipfel. Tad manövrierte sein Wasserflugzeug in Richtung des mobilen Anlegestegs, der am Nordufer des kleinen Sees zu sehen war. Er holte tief Luft und gratulierte sich selbst dafür, dass er clever genug gewesen war, einen Job zu finden, der ihn aus einer Existenz in einem Büro und in eine der schönsten Gegenden der Welt gebracht hatte.

Verdammt, er liebte das Fliegen.

Er hatte das Flugzeug gerade so nah wie möglich an den Steg herangebracht, als er einen harten Schlag auf seiner Schulter spürte.

„Gute Landung, Hotshot, sehr schön.“

Tad lächelte, als er seine Tür aufschob und sich beeilte, den Passagierraum zu öffnen und seine Gäste herauszulassen. Das war das zweite Mal, dass er eine private Buchung für die in Alaska ansässige Firma Maximum Exposure Adventures flog. Der Besitzer, Kyle Lynus, war ein Hüne von einem Mann. Er hatte die Arme eines Gladiators, doch das Auftreten eines sanften Riesen.

„Toll gemacht, Kyle", sagte Tad, als er die Halteseile vorn und hinten sicherte und festzurrte, um die großen Schwimmer direkt neben dem Steg zu halten. Er bewunderte die hübsche kleine Blockhütte am Ufer des Sees, hinter der zwischen den Bäumen ein kleiner Lagerschuppen stand. „Wir können die Ausrüstung in Etappen ausladen oder uns in einer Reihe aufstellen und alles aus dem Flugzeug bis in die Hütte oder wohin auch immer ihr es wollt bringen. Deine Entscheidung."

Der Steg schwankte, als Kyle hinunterkletterte und sich neben Tad stellte. „Was meinst du, Eric? Ich bin für die Kette. Ich hasse es, Ausrüstung ein Dutzend Mal aufzuheben."

Tad sah zu, wie Kyles Geschäftspartner und bester Freund seine Schultern zur Seite drehte, um durch die Tür zu kommen. Wenn Kyle groß war, war Erik der freundliche Riese im Quadrat.

Mit zahllosen Tätowierungen.

„Definitiv, nur denke ich, dass du und ich an Land sein sollten. Wir packen alles dorthin, wo wir es finden können. Das letzte Mal, als wir deinem kleinen Bruder das Verstauen der Ausrüstung überlassen haben, wurde sie Teil des verlorenen Templerschatzes."

„Hey", protestierte TJ, „kann ich was dafür, dass ich Ausrüstung gern auf logische Art und Weise organisiere und ihr Yahoos nicht?" Er setzte sich an den Rand der

Flugzeugtür und schnitt seinem älteren Bruder eine Grimasse. „Und ich meine *Yahoos* im wahrsten Sinne des Wortes."

Tad schmunzelte in Richtung seiner Passagiere und atmete tief die frische Luft ein.

Er flog jetzt seit drei Monaten Vollzeit und hoffte auf viele weitere Tage wie diesen. Stammkunden, die die Wildnis wie ein kostbares Juwel behandelten. Menschen, die immer wieder an dieselben Orte zurückkehrten, um sie besser zu machen, und das, ohne ihren Müll dort zu lassen.

Tad war begeistert bei dem Gedanken, dass er auf dem Weg war, seinen Lebensunterhalt mit dem zu verdienen, was er liebte.

Nachdem TJ seinen Kopf zum dritten Mal am Türrahmen gestoßen hatte, streckte Tad eine Hand aus, um ihn zurückzuhalten. „Soll ich dir das Zeug reichen? Ich bin nicht so groß wie du, und wenn du noch stärker gegen den Rahmen knallst, verbiegst du ihn mir noch. Sowas kostet extra."

TJ sprang herunter und rieb sich mit der Hand über die Stirn. „Klingt gut. Es ist auch schwer, sich hinten umzudrehen, und ich habe so oft den Ellbogen angehauen, dass er immer noch taub ist. Nicht ganz so schlimm wie damals, als mein Arm eingeschlafen ist und Kyle was nach mir geworfen hat und ich ihn nicht rechtzeitig heben konnte, um es zu fangen. Hätte mir fast die Nase gebrochen."

Tad lachte, als TJ zum Ende des Anlegestegs stolperte, Seesäcke voller Vorräte in den Armen. Was auch immer sie diesen Jungen unten in Alaska zu essen gaben, ließ sie verdammt groß werden. Sogar TJ war größer als Tad, und er war mit knapp über einsachtzig nicht klein.

Tad drehte sich um, um eine weitere Ladung

fertigzumachen, als er ein fernes Klatschen hörte, gefolgt von einem schrillen Schrei.

Ob Winter oder Sommer, das Wasser des Sees war gletschergespeist und eiskalt.

Er sprang zum Anlegesteg, um dem Jungen zu helfen, doch Kyle war schneller. „TJ, du bist ein dummer Esel. Was zum Teufel machst du?"

Er bückte sich und zog den Jungen mit einer Hand aus dem Wasser, sodass er tropfnass neben ihm stand.

„Oops. Ich weiß nicht, wie das passiert ist. Ich meine, eins der Bretter muss locker sein oder so."

Kyle rieb sich mit den Händen über das Gesicht, atmete tief durch und deutete dann auf die Hütte. „Geh rein und zieh dich um, Mom bringt mich um, wenn ich dich noch eine Erkältung bekommen lasse. Setz den Kessel mit Wasser auf." Er ging ein paar Schritte auf das Flugzeug zu, bevor er stehenblieb. „TJ, bist du reingefallen, bevor oder nachdem du eine Ladung Ausrüstung getragen hast?"

TJ biss sich auf die Lippe und machte einen langsamen Schritt von seinem Bruder weg. Dann wirbelte er herum und rannte zur Hütte, als wäre der Teufel hinter ihm her.

„Dachte ich mir", murmelte Kyle vor sich hin. Dann rief er seinem fliehenden jüngeren Bruder hinterher: „Du kannst von Glück sagen, dass Mom dich mag, Satansbraten! Sonst würdest du jetzt mit den Eisbären schwimmen!"

Tad versuchte, sich nichts anmerken zu lassen, als Kyle sich dem Flugzeug näherte, um die Ausrüstung von ihm zu übernehmen.

Kyle lachte. „Keine Sorge, ich werde ihn nicht umbringen. Er ist besser als früher, wenn du das glauben kannst. Warte nur, du hast noch nichts gesehen. Wenn du lange mit uns arbeitest, wirst du dich in einem Irrenhaus wie zu Hause fühlen."

Tad reichte eine weitere Ladung Ausrüstung weiter, und fühlte sich plötzlich sehr zufrieden.

Er war sich nicht sicher warum, aber Zeit mit dieser Gruppe von Verrückten zu verbringen fühlte sich sehr, sehr gut an.

~

„TJ, warum versteckst du dich beim Lagerschuppen?" Tad war durch das ganze Camp gewandert, um den Jungen zu finden.

„Weil ich mich nicht in der Hütte verstecken kann, und wenn ich mich auf dem Anlegesteg verstecke, na ja, dann sehen mich alle."

Tad schüttelte ungläubig den Kopf. „Bist du verrückt? Bist du darauf aus, deinen Bruder zu verärgern? Ich dachte, du solltest Mittagessen machen oder so."

TJ lehnte sich an die hinter ihm gestapelten Fässer. Große dicht schließende Plastikbehälter, um Bären von den Vorräten fernzuhalten, standen in einer ordentlichen Reihe an der Seitenwand des Lagerschuppens.

„Ich habe schon Mittagessen gemacht. Es steht auf dem Tisch." Er sah sich vorsichtig um, bevor er sagte: „Genau genommen hat Mom zu Hause Mittagessen gekocht, und ich habe es nur ausgepackt. Sag es Kyle nicht. Ich hoffe, ein paar Brownie-Punkte sammeln zu können."

„Du bist eine Bedrohung für dich selbst, oder sehe ich das falsch?"

„Tollpatsch erster Güte, das bin ich. Doch ich bin mehr als das. Ich bin sehr belesen, pflege ausgezeichnete Zahnhygiene und furze nie in der Öffentlichkeit, es sei denn, ich meine es so."

Tad starrte staunend über den Berghang, während TJ

weiterschwatztc. Was für ein schöner Ort zum Kanufahren und Fischen mit Kunden und –

„Scheiße!"

Tad warf einen Blick zurück und sah, wie der Junge eines der Fässer aus der Reihe stieß.

„Vorsicht, Junge."

TJ verlagerte sein Körpergewicht zur Seite, um dem Fass zu seiner Rechten auszuweichen. Das brachte ihn in Kontakt mit dem auf der linken Seite, und es rutschte von seiner Basis, schwankte ein paarmal und fiel auf TJ zu.

Die gesamte Wand aus Fässern brach zusammen und landete in einem willkürlichen Haufen, wobei das laute Krachen durch die klare Luft hallte.

Voller Sorge raste Tad zu der Stelle, wo TJ begraben lag, um ihn herauszuziehen, und rief über seine Schulter um Hilfe. „Kyle, Eric! Ich brauche euch!"

Er entdeckte TJs Stiefel in dem Chaos.

Mehrere der Fässer waren gestapelt gelandet und schienen eine Höhle gebildet zu haben. Mit etwas Glück würde TJ nicht unter der schweren Last zerquetscht werden.

„Halte durch, TJ, wir holen dich da raus."

Tad zog vorsichtig am Stiefel, um zu sehen, ob es möglich wäre ... und dann war er sich nicht sicher, was er tun wollte. Denn der Stiefel kam ihm entgegen, nur eine weiße Socke darin.

„Was zum –?"

Die Fässer schwankten, und Tad wich zurück. Schwere Schritte näherten sich, und er hatte sich gerade wieder dem Haufen zugewandt, als er es hörte.

Langgezogenes Wolfsgeheul unter den Fässern.

TEIL ZWEI

Kyle kam hinter ihm angerannt. „Wo ist TJ? Nicht, dass ich die Antwort nicht schon wüsste."

Tads Finger zitterte, als er auf die Fässer zeigte.

Gedämpfte Flüche kamen über Kyles Lippen. „Großartig. Einfach großartig." Er schrie seinen Bruder an. „Ich werde dich umbringen, TJ. Ich schwöre, ich werde …"

Ein weiteres Heulen drang zu ihnen, und Tad schauderte. „Wenn wir zuerst das oberste Fass –"

„Schon gut. Gib mir einen Moment."

Kyle stampfte auf die Rückseite des Stapels und trat hart dagegen. Der Rest des Haufens verschob sich, und Tad stolperte über seine eigenen Füße, als er sich beeilte, sich in Sicherheit zu bringen und trotzdem Kyle im Blick zu behalten.

Eine große Gestalt schob sich am Fass vorbei.

Ein großer, silbergrauer Wolf.

„Heilige Scheiße!" Blitzschnell rappelte Tad sich auf und rannte vor dem Wolf in Richtung Sicherheit des Schuppens.

Kyle stellte sich ihm im Weg und stand mit beschwichtigend erhobenen Händen da. „Hey, keine Sorge, alles ist gut. Entspann dich."

Tad fummelte an seinem Gürtel und zückte sein Jagdmesser. „Mich entspannen? Scheiße. *Scheiße* ... das kann nicht sein. Was zum Teufel ist hier los, Kyle? Wo ist TJ?"

„Tad, steck das Messer weg. TJ geht's gut, er ist direkt hinter dem Schuppen."

Tad warf einen Seitenblick in diese Richtung, bevor er das Messer wieder auf Kyle richtete.

„Er ist ein verdammter Wolf?"

Kyle wich einen Schritt zurück und verschränkte dann die Arme. „Wirst du das verdammte Messer wegstecken, damit wir reden können?"

„Das kannst du vergessen."

„Tad, ich warne dich."

„Nein."

Kyle griff unter seine Steppweste und zog eine Pistole heraus. Ohne ein Wort zu sagen richtete er sie direkt auf die Mitte von Tads Brust.

Sie standen regungslos da, das Geräusch der zwitschernden Vögel obszön laut in der Luft um sie herum, bis Tad nachgab und sein Messer wegsteckte.

„Verdammte amerikanische Waffengesetze", knurrte er.

Der andere Mann zuckte mit den Achseln, als er seine Pistole wegsteckte. „Ich habe einen Waffenschein. Ich kann nichts dafür, wenn ihr Kanadier zu höflich seid, um bewaffnet zu sein."

„Ich habe eine Schrotflinte im Flugzeug", sagte Tad knapp.

„Und ich bin mir sicher, dass die sehr praktisch ist, wenn Bären versuchen wollen, mitzufliegen." Kyle wandte sich wieder dem Schuppen zu. „TJ", rief er, „beweg deinen pelzigen Arsch hierher!"

Der große silbergraue Wolf schlich mit gesenktem Kopf um die Ecke.

Kyle bedeutete Tad, zu ihm zu kommen. „Ich könnte all die üblichen Dinge sagen, wie, dass er dich nicht verletzen wird, und dass Panik nicht nötig ist, doch das wird die Sache nicht einfacher machen." Er zeigte auf den Wolf, der vor ihnen saß. „Tad, du kennst TJ ja schon, auch bekannt als Mr. Desaster. Warum ihn nicht dabei beobachten?"

„Wobei beobachten ...?"

„Wandle, TJ!", befahl Kyle.

Tad drehte sich wieder um und .... starrte TJ ins Gesicht? Unmöglich.

Einen Moment lang hatte der Wolf ihn mit strahlenden Augen angesehen, bevor Tad kurz verschwommen sah, und dann anstatt eines großen Tieres ein großer Junge splitternackt am Boden saß.

„Ich nehme an, es war zu viel Mühe für dich, mir zu befehlen, zu wandeln, nachdem ich saubere Klamotten in greifbarer Nähe hatte?", beklagte TJ sich.

Kyle starrte ihn finster an.

TJ schloss den Mund und biss sich auf die Unterlippe.

Kyles Bruder hob eine Hand und deutete auf die Hütte, und zum zweiten Mal in kurzer Zeit sprintete TJ von ihnen weg.

Natürlich war er diesmal nackt, doch Tad gab sich alle Mühe, es nicht zur Kenntnis zu nehmen.

„Also, entschuldige die plötzliche Einführung in unsere Realität, aber ... hey, hier sind wir", verkündete Kyle mit einem schiefen Grinsen.

„Sag mir, dass wir abgestürzt sind und ich irgendwo im

Koma liege. Bitte. Das ist ein Traum, und aus irgendeinem Grund habe ich eine seltsame Obsession mit TJs Arsch."

Kyle schnaubte. „Ich hoffe nicht. Sein Arsch ist zu jung für dich, selbst wenn du so getaktet wärst, was ich nicht glaube." Er schlug Tad mit der Hand auf die Schulter und zog ihn in Richtung Hütte. „Komm, ich glaube, du könntest einen Schnaps gebrauchen. Lass uns zu Mittag essen und deine Fragen beantworten. Alles wird gut."

Tad blickte noch einmal über den See zurück. Die Sonne schien immer noch. Der Himmel war noch strahlend blau. Nur in den letzten fünf Minuten war seine ganze Welt auf den Kopf gestellt worden.

Seltsam, wie schnell sich das Leben ändern konnte.

SIE ZOGEN Stühle auf die Veranda der Hütte, damit sie in der Sonne sitzen konnten, während sie sich unterhielten.

Tad trank das Schnapsglas, das Erik ihm gegeben hatte, ohne zu zögern aus. Wenn sie ihn tot sehen wollten, mussten sie keine Zeit damit verschwenden, sein Essen oder Trinken zu vergiften, und aus irgendeinem Grund war er absolut am Verhungern.

Anscheinend hatte die Entdeckung, dass Werwölfe existierten, diese Wirkung auf ihn.

„Also ... ihr seid Werwölfe, aber ihr braucht keinen Vollmond, um euch zu verwandeln, und ihr steht nicht darauf, Menschen die Kehle rauszureißen. Ich bin irgendwie froh über dieses Detail."

„Meins." Kyle schnappte sich das letzte Sandwich vom Tablett und schlug TJ auf die Hand. „Ich habe gerade keine sehr hohe Meinung von dir, kleiner Bruder. Mach irgendwas Produktives, wie zum Beispiel die

Ausrüstungssäcke, die du ins Wasser hast fallen lassen, aus dem See zu ziehen."

TJ verzog sich.

„Er ist eine Naturkatastrophe, aber ich liebe ihn", gab Kyle zu.

Tad fuhr sich mit der Hand durchs Haar. „Okay, und was jetzt? Muss ich einen geheimen Schwur leisten, eure Existenz niemals preiszugeben? Ich bin sicher, das ist alles top secret, und ich sollte nichts von dir wissen."

„Oh nein", sagte Erik kopfschüttelnd. „Es ist kein Problem, wenn Wölfe etwas über andere Wölfe wissen."

Tad erstarrte. „Wovon redest du?"

„Du riechst wie ein Wolf, Tad", sagte Erik.

„Aber es ist nicht sehr stark. Wahrscheinlich ist einer deiner Eltern oder vielleicht einer deiner Großeltern ein Wolf. Du bist das, was wir als Halbblut bezeichnen würden, egal, wie viele Generationen der Wolf in deinem Stammbaum zurückliegt", informierte Kyle ihn.

„Ihr macht Witze. Ich habe mich nie in einen Wolf verwandelt."

„Nein, das wirst du nicht können, bis deine Wolfsgene aktiviert sind. Dazu ist ein spezielles Hormon nötig, sozusagen um den Schalter umzulegen." Kyle starrte ihn mit unlesbarer Miene an.

Heilige Scheiße.

Tad saß still da und beobachtete die anderen Männer, während er versuchte, sich mit dem Unmöglichen anzufreunden. „Also, warum hat mir das niemand gesagt? Ich meine, meine Eltern oder mein Großvater oder wer auch immer?"

„Das wissen wir nicht", sagte Kyle. „Vielleicht ist derjenige, dessen Gene du trägst, ein Ausgestoßener und wollte es dir nicht sagen. Was alle anderen angeht, nun,

Vollblüter neigen nicht dazu, Halbblüter einzuweihen, die sich ihrer Herkunft nicht bewusst sind, weil ... Nun, ich muss zugeben, dass Vollblüter dazu neigen, ein bisschen voreingenommen zu sein. Mir ist es ziemlich egal. Erik und ich hatten darüber gesprochen, ob wir es dir sagen sollten. Weißt du, nachdem wir dich auf dem ersten Trip hier raus kennengelernt haben."

Er sah schuldbewusst genug aus, dass Tad sich ein wenig besser fühlte. Kyle und Erik waren gute Kerle. Abgesehen vom Pelz und Waffen, die sie mit sich herumschleppten.

Erik nickte. „Der eigentliche Punkt ist, dass du das Blut hast, und wenn du getriggert wirst, kannst du wandeln."

Oh Mann. Er – ein Wolf? Wie toll wäre das?

„Wow. Wie bekomme ich dieses Hormon? Ich würde mich gerne in einen Wolf verwandeln können." Tad beugte sich vor und versuchte, Kyles und Eriks plötzlich seltsame Mienen zu entziffern. „Ist es teuer? Denn ich habe ein bisschen Geld gespart und ..."

„Du brauchst kein Geld. Es ist ..." Erik zuckte mit den Schultern. „Es ist kompliziert. Einfach, aber kompliziert."

Kyle unterbrach ihn streng. „Und das ist alles, was wir jetzt sagen werden."

„Auf keinen Fall!", schrie Tad beinahe. „Das ist nicht fair. Es ist mir egal, wie kompliziert es ist, ihr müsst es mir sagen. Ich meine, ihr habt schon die Karte „Werwölfe leben unter uns" und die Karte „Du bist einer von uns" auf den Tisch gelegt. Die letzte kann nicht schlimmer sein. Raus damit, du Bastard."

Erik verzog das Gesicht und schob sich schützend zwischen Tad und Kyle, obwohl es so aussah, als würde er Tad vor Kyle beschützen. „Ähm, immer mit der Ruhe, Junior. Eine Sache, die du schließlich lernen wirst, ist, dass

Wölfe nicht gerne herumkommandiert werden. Ganz besonders Alpha-Wölfe."

Gabby-gook. Das war Unsinn. „Pech für den Alpha. Es fällt mir schwer, nicht angepisst zu reagieren, wenn Leute – Entschuldigung, Wölfe – sich weigern, mir zu sagen, was ich wissen muss."

„Das ist nicht an mir", fauchte Kyle. „Du lebst in Whitehorse. Du musst mit dem Alpha dort sprechen, sonst könnten wir damit einen Territorialkrieg anfangen."

„Und so sehr wir dich auch mögen", erklärte Erik ruhig, „wir versuchen, Tod und Sterben nach Möglichkeit grundsätzlich zu vermeiden."

Tads Magen zog sich zusammen. Das war zu bizarr. Werwölfe hatten Regeln, die einen Menschen verwirren würden.

Er nahm die Taschenlampe neben sich und schaltete sie schnell aus und wieder ein. „So viel dazu, dass ich dachte, dass ihr zu den Guten gehört ..."

„Das tun wir. Du hast keine Ahnung, was auf dich zukommt." Kyle nahm Tad die Taschenlampe weg. „Hör auf damit, es nervt mich."

„Dann sind wir ja quitt, weil du mich auch nervst." Tad ignorierte das Knurren, das von dem anderen Mann kam. Es war ihm egal. Stattdessen warf er einen Blick auf seine Uhr. „Also gut. Ich muss bald los, wenn ich es vor Einbruch der Dunkelheit zurück schaffen will. Seid ihr sicher, dass TJ okay ist, oder soll ich ihn rausfliegen?"

Eric schüttelte den Kopf. „Wölfe haben wirklich ausgezeichnete Heilkräfte. Ich wette, er hat jetzt nur noch ein paar blaue Flecken."

Tad nickte kurz, bevor er sich dem ... *Alpha?*-Wolf zuwandte, der sein Freund war. Oder es zumindest bis gerade gewesen war. „Kyle. Also gut, ich vertraue dir in dieser Sache. Kannst du ein Treffen mit den anderen Gruppen oder Rudeln oder was auch immer nötig ist, um ein Wolf zu werden, organisieren? Bitte?"

Kyle streckte seine Hand aus und schüttelte die von Tad. „Du bist ein guter Mann, Tad."

„Ja, also, ich weiß es zu schätzen, dass du mir nicht die Kehle rausgerissen oder mich erschossen hast oder so, als ich gerade euer Geheimnis herausgefunden habe."

Eric lachte. „So ist es viel angenehmer. Blut lässt sich beschissen aus Gore-Tex rauswaschen."

„Ich rufe die Rudel um Whitehorse an. Jemand wird sich bei dir melden, um dir beizubringen, was du wissen musst und wie du dich einleben kannst. Denn, Tad", Kyle sah ihm in die Augen, „du *bist* ein Wolf. Du musst mit Rudelkameraden zusammen sein, um wirklich glücklich zu sein. Leugne diesen Teil von dir nicht."

Tad nickte, schwang sich seinen Rucksack auf den Rücken und ging entschlossen zurück zu seinem Flugzeug.

Werwölfe. Wer hätte das gedacht?

Diese Serie unbeschwerter paranormaler Geschichten spielt in der Wildnis des Yukon und Alaskas. Die Geschichten folgen den Mitgliedern des Granite-Lake-Wolfsrudels und wie sie als Gestaltwandler mit Leben und Liebe umgehen.

Die Granite Lake Wölfe

Wolfszeichen

Wolfsflucht

Wolfsspiele

Wolfsspuren

Wolfskreuzfahrt

Wolfsbiss

Vivian lässt derzeit ihre vielen Serien übersetzen. Bitte besuchen Sie deren Website für alle aktuellen Informationen.

www.vivianarend.com/de

ÜBER DEN AUTOR

Mit über 3 Millionen verkauften Büchern ist Vivian Arend eine *New York Times-* und *USA Today*-Bestsellerautorin von mehr als 70 zeitgenössischen und paranormalen Liebesromanen.

Ihre Bücher lassen sich alle einzeln lesen und haben keine Cliffhanger. Sie sind witzig, aber auch emotional, es gibt heiße Szenen und glückliche Enden. Für Vivian ist das der beste Job der Welt. Sie lebt in British Columbia, Kanada, zusammen mit ihrem langjährigen Mann – der Inspiration für alle Helden und einem bereitwilligem Gefährten auf Abenteuern aller Art.

https://vivianarend.com/de

www.ingramcontent.com/pod-product-compliance
Lightning Source LLC
Chambersburg PA
CBHW031001210726